Alan Garner

Eulenzauber

SERIE PIPER

Zu diesem Buch

Ein altes Landhaus in Wales wird zum Schauplatz seltsamer Ereignisse, als eine Legende aus dem Mittelalter plötzlich durch drei junge Menschen zu neuem Leben erweckt wird. Unheimliche Geräusche auf dem Dachboden, ein geheimnisvolles Gemälde im Billardzimmer, der Zwang, Eulen aus Papier auszuschneiden, vor allem aber ein grünes Blumenmuster auf einem alten Porzellanteller, das sich auf mysteriöse Weise in einen Eulenkopf verwandelt – es entsteht ein gefährlicher Sog, dem sich die junge, sensible Alison, ihr Bruder Roger und ihr Freund Gwyn nur schwer entziehen können. Langsam entschlüsseln sie das Rätsel um die machtvolle Geschichte von Gwydion, dem Zauberer, der vor langer Zeit für seinen Neffen eine Frau aus Blumen erschuf, Blumen wie auf dem entdeckten Geschirr. »Eulenzauber«, ein Klassiker der modernen phantastischen Literatur, erzählt voller Poesie von der Zeitlosigkeit starker menschlicher Gefühle.

Alan Garner, geboren 1934 in Congleton/England, studierte nach seinem Militärdienst in Oxford, brach jedoch sein Studium ab, um Schriftsteller zu werden. Die Orte in seinen Fantasy-Romanen sind real, die Mythen und Legenden beruhen auf tatsächlichen Überlieferungen. Für »Eulenzauber« erhielt er die »Carnegie Medal« der British Library und den »Guardian Award«.

Alan Garner

Eulenzauber

Roman

Aus dem Englischen von
Frederik Hetmann

Piper München Zürich

Ungekürzte Taschenbuchausgabe
Piper Verlag GmbH, München
Dezember 1998

Titel der englischen Originalausgabe:
»The Owl Service«, HarperCollins Publishers Ltd., London 1967

Deutsche Erstausgabe: Eugen Diederichs Verlag, Köln 1982
Umschlag: Büro Hamburg
Simone Leitenberger, Susanne Schmitt, Annette Hartwig
Foto Umschlagvorderseite: Elfie Semotan
Satz: KCS GmbH, Buchholz/Hamburg
Druck und Bindung: Clausen & Bosse, Leck
Printed in Germany ISBN 3-492-22587-X

Für Cinna

Die Eulen sind ruhelos.
Leute sind hier gestorben.
Gute Männer aus üblem Anlaß,
Besser vergessen.
(R. S. Thomas)

Ich baute meiner Liebsten einen Turm
an der kristallklaren Quelle.
Darauf will ich pflanzen
alle Blumen der Berge.
(Traditionell)

Besitzgierige Eltern leben selten lange genug,
um ihren Egoismus Früchte
tragen zu sehen.
(Radio Times: 15. September 1965)

1

Na, wie geht's denn?« fragte Gwyn. Er steckte den Kopf zur Tür herein. Alison saß in ihrem Eisenbett, das mit Messingkugeln verziert war. Porzellansäulen zeigten das Bacchuskind; ein Bein des Bettes war mit Schiefer unterlegt, weil sich der Fußboden an dieser Stelle absenkte.

»Ach mies«, antwortete Alison, »mir ist so heiß.«

»Blöd«, sagte Gwyn, »ich konnte keine Bücher finden, also hab ich dir eines gebracht, das aus der Schule stammt. Ich sollte es für den Literaturunterricht lesen, aber du kannst es gern haben. Ist schon ganz schön zerfleddert.«

»Schönen Dank trotzdem«, sagte Alison.

»Roger ist schwimmen gegangen. Dir ist langweilig so allein, was?«

»Reiß dir meinetwegen nur kein Bein aus«, sagte Alison.

»Auch recht«, meinte Gwyn. »Cheerio!«

Er lehnte sich mit den Armen auf das Treppengeländer und rutschte bis zum Absatz im ersten Stock hinunter.

»Gwyn!«

»Ja, was denn? Ist was?«

»Schnell!«

»Brauchst du ein Becken? Mußt du dich übergeben?«

»Gwyn!«

Er rannte zurück. Alison kniete auf dem Bett.

»Hör mal«, sagte sie, »hörst du das auch?«

»Was?«

»Dieses Geräusch über der Zimmerdecke. Da.«

Das Haus war still. Mostyn Lewis-Jones rief auf dem Berg nach den Schafen. Irgend etwas kratzte an der Zimmerdecke über dem Bett.

»Mäuse«, sagte Gwyn.

»Zu laut«, meinte Alison.

»Ratten dann.«

»Nein. Hör mal. Es ist etwas Hartes.«

»Sie wetzen sich ihre Krallen.«

»Es sind keine Ratten«, sagte Alison.

»Es müssen Ratten sein. Sie laufen auf dem Holz. Deswegen hört man es so laut.«

»Ich habe es schon in der ersten Nacht gehört«, sagte Alison, »und seitdem höre ich es jede Nacht, immer ein paar Minuten, nachdem ich zu Bett gegangen bin.«

»Das sind bestimmt Ratten«, sagte Gwyn, »da möcht ich drauf wetten.«

»Nein«, sagte Alison, »es ist irgend etwas, das versucht herauszukommen. Das Kratzen wird jede Nacht lauter. Und heute ... klingt es am lautesten ... und es ist auch nicht immer da.«

»Wahrscheinlich sind sie's unterdessen leid«, sagte Gwyn.

»Heute kam das Kratzen, als ich so arge Schmerzen hatte. Ist das nicht merkwürdig?«

»Du bist merkwürdig«, sagte Gwyn. Er stellte sich auf das Bett und klopfte gegen die Decke.

»He, ihr da oben! Verschwindet jetzt.«

Das Bett knarrte, als er fiel und hart aufschlug. Er saß da und starrte zu Alison hin. Auf sein Klopfen war geantwortet worden.

»Gwyn, mach das noch mal.«

Gwyn stand auf.

Poch, poch.

Kratz, kratz.

Poch.

Kratz.

Poch, poch, poch.

Kratz, kratz, kratz.

Poch … poch, poch.

Kratz … kratz, kratz.

Gwyn pfiff durch die Zähne. »He«, sagte er, »diese Ratten gehören aufs Gymnasium in Aberystwyth.«

Er sprang vom Bett.

»Wo war das noch gleich? Ach ja: in dem Verschlag dort.« Gwyn öffnete eine Tür am Kamin des Schlafzimmers. Es war ein enger Raum wie ein Schrank, und in der Decke befand sich eine Lukentür.

»Wir brauchen eine Leiter«, sagte Gwyn.

»Kommst du nicht dran, wenn du dich auf das Waschbecken stellst?« fragte Alison.

»Zu riskant. Wir brauchen eine Steigleiter und einen Hammer. Der Riegel ist eingerostet. Ich geh mal und hol sie aus dem Stall rauf.«

»Bleib nicht zu lange weg«, sagte Alison, »ich bin ganz zapplig.«

»Gwyns Dressierte Ratten: wie klingt das denn? Damit wär' bestimmt noch was zu verdienen.«

Er kam wieder mit einer Steigleiter, einem Hammer und einer Falle.

»Meine Mam ist in der Küche, deswegen konnte ich an die Köder nicht ran.«

»Ich habe noch etwas Schokolade«, überlegte Alison. »Früchte mit Nuß. Geht das?«

»Prima«, sagte Gwyn, »her damit.«

Er hatte keinen Platz, um mit dem Hammer auszuholen, Rost und alte Farbe bröckelten ihm ins Gesicht. »Sie haben es einfach übermalt«, sagte er, »da ist offenbar jahrelang keiner mehr oben gewesen. Ah. Jetzt wird's.«

Der Riegel löste sich aus dem Rost. Gwyn kam herunter, um Alisons Taschenlampe zu holen. Er wischte sich das Gesicht mit dem Ärmel ab und zwinkerte ihr zu.

»Jetzt geht's ihnen an den Kragen.«

Kaum hatte er das gesagt, begann das Kratzen an der Tür über seinem Kopf lauter als je zuvor.

»Mach besser nicht auf«, sagte Alison.

»Dafür verzichten auf Ruhm und Vermögen ...?«

»Mach darüber keine Witze, meinetwegen mußt du es nicht tun. Gwyn, bitte sei vorsichtig. Es hört sich so gefährlich an, so stark und scharf.«

»Wer lacht da, Mädchen?« Er brachte einen trockenen Schrubber vom Treppenabsatz mit herein und preßte ihn gegen die Falltür in der Decke.

Das Kratzen hatte aufgehört. Er drückte fest, und die Luke sprang auf. Staub senkte sich in einer Wolke nieder.

»Es ist sogar hell«, sagte Gwyn, »in das Dach muß ein Glasziegel eingelassen sein.«

»Sei nur vorsichtig«, sagte Alison.

»›Jemand da?‹ rief der Reisende ... Tatarata!« Gwyn holte den Schrubber nach. »Nichts zu sehen.« Er kletterte weiter, bis sein Kopf sich über den Schwellenbrettern befand. Alison ging zum Fuß der Leiter.

»Ein Haufen Dreck und Stroh. Kommst du auch?«

»Nein«, sagte Alison, »da würde ich Heuschnupfen kriegen in dem Staub. Ich bin allergisch.«

»Es riecht nach was«, sagte Gwyn, »der Duft einer Blume. Das kann doch nicht sein ... doch. Duft von

Mädesüß.* Komisch, es muß vom Fluß herüberwehen. Die Schindeln fühlen sich ganz glühend an.«

»Kannst du denn nicht feststellen, woher das Geräusch kommt?« fragte Alison.

Gwyn stützte seine Hände auf beide Seiten des Lukenrandes und zog seine Beine nach.

»Es ist nur für den Wasserbehälter«, sagte er, »kein richtiger Dachboden. Aber warte mal!«

»Wo willst du denn jetzt noch hin? Sei vorsichtig.«

Alison hörte Gwyn über die Dielenbretter gehen. In der dunkelsten Ecke des Bodenraums lag ein Brett und darauf stand ein vollständiges Eßservice, ein Turmbau von Tellern, ein Hügel aus Schüsseln, und alles eingeschmutzt, verklebt von Stroh, Exkrementen und verrotteten Vogelnestern.

»Was ist es denn?« fragte Alison. Sie war die Leiter heraufgekommen und hielt sich ein Taschentuch vor die Nase.

»Teller. Haufenweise.«

»Sind sie zerbrochen?«

»Alles in Ordnung, soweit ich das übersehe, Nur dreckig. Sie sind recht hübsch.« Grün und golden schimmerte es durch das Stroh.

»Bring einen mit runter. Wir können ihn ja abwaschen.«

Alison sah, wie Gwyn einen Teller von dem Stapel nahm, der ihm am nächsten stand. Dann schwankte er und wäre beinahe durch die Decke gebrochen. »Gwyn! Ist was?«

»Huuch!«

»Bitte, komm runter.«

* *Mädesüß:* Pflanze der Familie Rosazeen. Auch Wiesengeißbart oder Frauenkraut. Lateinische Bezeichnung: Filipendula ulmaria (Sumpfmädesüß)

»Klar. Eine Sekunde noch. Verdammt heiß hier oben. Mir fangen schon die Augen an zu flimmern.«

Er kam durch die Luke und gab Alison den Teller.

»Ich glaube, deine Mutter ruft dich«, sagte Alison.

Gwyn kletterte herab und ging hinaus ins Treppenhaus.

»Was willst du denn, Mam?«

»Hol mir Salat aus dem Garten. Zwei Köpfe!«

Die Stimme seiner Mutter kam als Echo von unten wieder.

»Und beeil dich!«

»Ich hab zu tun.«

»Ach was.«

Gwyn schnitt eine Grimasse. »Du machst den Teller sauber«, sagte er zu Alison, »ich bin gleich wieder da.« Ehe er hinunterging, stellte Gwyn noch eine Käfigfalle im Bodenraum auf und schloß dann die Luke.

»Für was soll denn das gut sein? Du hast doch gar nichts gesehen, oder ...?« fragte Alison.

»Nein«, sagte Gwyn, »nur Exkremente. Ich möchte doch mal die Bekanntschaft von Ratten machen, die zählen können.«

2

Roger platschte durch Untiefen zum Ufer. Ein Felsblock ragte nahe ihm aus dem Boden. Er ließ sich rücklings in ein Blütenmeer von Mädesüß fallen, das dicht wuchernd am Fuß des Felsens wuchs. Er schloß die Stengel in seine Arme und zog die milchigen Köpfe über sein Gesicht.

Durch die Blumen sah er die Spur eines Düsenflugzeugs, das über den Himmel zog. Die einzigen Geräusche waren der Fluß und ein Bauer, der weiter oben im Tal seine Schafe rief.

Die Berge wirkten sanft bei der Hitze. Der Höhenzug über dem Haus mit einem Fichtenwald auf dem Kamm stand schwarz gegen das Sonnenlicht. Roger atmete den kühlen, süßen Geruch der Blumen ein. Er spürte, wie die Sonne in seine Glieder einsickerte. Etwas flog an ihm vorbei, etwas, das sich schwarz von den Blättern abhob. Es war schwer und schnell und schlug hart zu. Er fühlte die Vibration durch den Fels hindurch und hörte einen Schrei.

Sofort war Roger auf den Füßen, gebückt, die Hände von sich gestreckt, aber die Wiese war leer, und der Schrei war verweht. Er hörte das Echo in der fernen Stimme des Bauern und dem Ruf eines Brachvogels weit fort in den Bergen. Es war nichts zu sehen: Sein Herz raste, und es war ihm kalt, trotz der Sonne. Er sah auf seine Hände. Das Mädesüß hatte ihn geschnitten. Seine Handflächen waren wie von roten Perlen umrandet. Die Blumen stanken nach Ziege. Er lehnte sich gegen den Fels. Die Berge hingen über ihm, bereit, das Tal auszufüllen.

»Brrr!« Er rieb sich Arme und Beine mit seinen Fäusten. Er hatte Gänsehaut. Er sah den Fluß hinauf und hinab, auf Wasser, das wie Öl unter den Bäumen dahinglitt und sich an den Steinen brach.

»Nun, was zum Teufel war das gewesen? Akustik? Irgendein Trick der Akustik? Und diese Berge … die machen einen ganz verrückt.« Er preßte seinen Rücken gegen den Fels. »Beweg dich nicht. Du bist erkannt. So ist's besser … Hallo?«

Im Felsen war ein Loch. Es war rund und glatt und ging durch den ganzen Stein hindurch. Er fühlte es mit der Hand, ehe er es sah. Gebohrt oder eine Laune der Natur?

Er überlegte. Zeitverschwendung, länger darüber nachzudenken.

Na, so ein Zufall! Er stand jetzt auf Augenhöhe mit dem Loch. Er wollte prüfen, ob es gerade verlaufe und schaute nun direkt auf die Bergkette mit den Fichten über dem Haus. Das Loch schloß die Bäume genau ein, wenn man so hindurchsah.

»Brrr, muß mich anziehen.«

Roger lief vom Fluß durch den Garten hinauf. Huw Halfbacon harkte den Kies an der Auffahrt vor dem Haus und redete mit Gwyn, der Salatköpfe gegeneinanderschlug, um die Erde von den Wurzeln loszukriegen.

»Richtiges Wetter zum Schwimmen«, sagte Huw.

»Ja«, sagte Roger, »großartig.«

»Prächtig.«

»Ja.«

»Waren Sie schwimmen?« fragte Huw.

»Deswegen bin ich ja in der Badehose«, sagte Roger.

»Ist ein herrlicher Tag für so was«, sagte Huw.

»Zum Schwimmen.«

»Ja.«

»Im Wasser«, sagte Huw.

»Muß mich umziehen«, stellte Roger fest.

»Ich komm gleich mit«, erklärte Gwyn, »ich muß mit dir reden.«

»Der ist wohl gaga«, sagte Roger, »er wirkt wie jemand, der aus einem Traum erwacht.«

Sie setzten sich auf die Terrasse. Sie lag im Schatten, und unter ihnen leuchtete der Fluß durch die Bäume.

»Beeil dich«, sagte Roger, »mir ist kalt.«

»Da ist gerade etwas Sonderbares passiert«, begann Gwyn. »Irgend etwas kratzte auf dem Boden über Alisons Zimmer.«

»Mäuse«, sagte Roger.

»Hab ich auch zuerst gedacht. Aber als ich klopfte, um sie zu verscheuchen, haben sie ... zurückgeklopft.«

»Sind sie fort?«

»Ja. Ich bin dann mal rauf. Es steht ein Stapel schmutziger Teller dort oben. Müssen einiges wert sein.«

»Ah ja? Das hört sich interessant an. Hast du sie mit runter gebracht?«

»Nur einen. Alison macht ihn gerade sauber. Aber dieses Kratzen?«

»Kann alles mögliche gewesen sein. Aber diese Teller ... wie sehen sie aus? Warum stehen sie dort oben?«

»Ich konnte nicht viel sehen. Ich habe Huw danach gefragt.«

»Und ...?«

»Er hat gesagt: Paß auf, wie du sie ansiehst.«

»Wen ... sie? Ali? Was hat sie denn damit zu tun?«

»Nicht Alison. Ich weiß auch nicht, wen er meint. Als

ich ihm erzählte, daß ich die Teller gefunden habe, hörte er einen Augenblick mit seiner Arbeit auf und sagte: ›Paß auf, wie du sie ansiehst.‹ Und dann bist du gekommen.«

»Ich sag dir, der Mann ist nicht ganz richtig im Kopf. Warum heißt er eigentlich Halfbacon?«

»Das ist Welsh für Huw Hannerhob«, sagte Gwyn, »Huw Halfbacon – Hau, die Speckseite: so wird er genannt.«

»Und das gefällt ihm?«

»Es ist sein Spitzname«, sagte Gwyn.

»Und wie heißt er richtig?«

»Ich glaube, das weiß er selbst gar nicht. Roger, da wäre noch etwas. Ich möchte aber nicht, daß du mich auslachst.«

»In Ordnung.«

»Nun, als ich den ersten Teller aufhob, wurde mir plötzlich so merkwürdig. So ein kribbelndes Gefühl in den Händen. Alles verschwamm. Weißt du, wie im Kino, wenn die Brennweite nicht stimmt, die Bilder erst unscharf sind, und wenn man nachstellt, werden sie wieder deutlich. Nur, als ich alles wieder deutlich sah, hatte sich etwas geändert. Irgend etwas war anders geworden.«

»So, als wenn du jemandem zusiehst, der schläft, und dann wacht er auf«, sagte Roger, »er bewegt sich nicht, nichts geschieht, aber du weißt plötzlich: jetzt ist er wach geworden.«

»Genau so«, sagte Gwyn, »ganz genau. Viel besser, als ich es beschrieben habe. Mann, du begreifst rasch, nicht wahr?«

»Kannst du mir sagen, was es mit dem Loch im Felsen auf sich hat?« fragte Roger.

»Ein großer Fels?«

»Ja, unmittelbar bei der Wiese.«

»Das wird der Stein des Gronw sein. Warum er so heißt, weiß ich auch nicht. Da mußt du Huw fragen. Der arbeitet schon sein ganzes Leben hier in diesem Haus.«

»Ach nein. Das bringt nichts. Von dem bekäme ich als Antwort nur den Schlußbericht der Londoner Börse.«

»Warum willst du's denn wissen?« fragte Gwyn.

»Ich habe dort ein Sonnenbad genommen«, sagte Roger, »kommst du mit und schaust, wie Ali mit deinem Teller zurechtgekommen ist?«

»In 'ner Sekunde«, sagte Gwyn, »muß das noch in die Küche bringen zu Mam. Wir sehen uns oben.«

Roger zog sich rasch um und ging zu Alison hinauf. Sein Schlafzimmer lag unmittelbar unter ihrem Zimmer im ersten Stock.

Sie beugte sich über einen Teller, der auf ihren Knien lag. Der Teller war mit einem Stück Papier abgedeckt, und sie zeichnete etwas mit einem Bleistift nach.

»Was erzählt Gwyn da von eurem Fund?« erkundigte sich Roger.

»Ich bin fast fertig«, sagte Alison. Sie bewegte das Papier, während sie die Linien darunter mit dem Bleistift nachfuhr. »Da! Was hältst du davon?« Sie wurde rot.

Roger nahm den Teller und betrachtete ihn. »Kein Firmenzeichen«, sagte er, »schade, ich dachte schon, es sei ein wirklicher Fund. Ganz gewöhnliche Ware: dick. Nicht viel wert.«

»Selbst dick. Sieh doch mal das Muster.«

»Ja … und?«

»Kannst du nicht erkennen, was es ist?«

»Ein abstraktes Muster in Grün, rund um den Rand, und der hat ein bißchen Vergoldung. Ziemlich grob auch.«

»Sag mal Roger, stellst du dich mit Absicht dumm? Sieh doch mal hier. Das ist der Kopf einer Eule.«

»Ja? Wenn du meinst, einverstanden. Drei blättrige Köpfe mit so 'ner Art von abstrakter Blumengeschichte zwischen jedem. Ja, könnte stimmen.«

»Es ist nicht abstrakt«, sagte Alison, »das ist der Körper. Wenn du das Muster vom Teller abzeichnest und es zusammenfügst, ergibt es eine vollständige Eule. Schau mal. Ich habe die beiden Teile des Musters durchgepaust, und jetzt brauchst du nur den Kopf etwas nach rechts zu rücken, bis er anders herum steht und ihn dann über das Hauptmuster zu stellen, dort, wo es dem Rand des Tellers folgt. So, jetzt ist es eine Eule. Mit Kopf, mit Schwingen und allem.«

»Tatsächlich, es ist eine Eule«, sagte Roger, »eine Eule, die dasitzt.«

»Warte mal«, sagt Alison, und sie begann das Muster mit einer Schere auszuschneiden. Als sie fertig war, drückte sie den Kopf nach vorn und schob die abgespreizten Beine an die rechte Stelle. Dann setzte sie die Eule auf den Rand ihres Kerzenstocks. Roger lachte: »Ja, es stimmt. Eine Eule!«

Es war eine Eule, eine stilisierte, aus einem Blumengebinde zusammengesetzte Eule. Die Veränderung der Beinstellung hatte dazu geführt, daß sich der Rücken bog und der Körper die starre Sitzweise dieses Vogels annahm. Etwas glomm unter den schweren Brauen.

»Nein, es sieht wirklich gut aus«, sagte Roger, »wie bist du nur darauf gekommen ... das Durchpausen, und wie man es falten muß?«

»Ich habe es gesehen, als ich den Teller abgewaschen hatte«, sagte Alison, »es war ganz klar.«

»Wirklich?« sagte Roger, »ich wäre nie darauf gekommen. Ich mag ihn.«

»Sie«, sagte Alison.

»Woher weißt du denn das? In Ordnung. Sie. Ich mag sie.«

Er berührte den Kopf der Eule mit einem Bleistift.

Ihr Körper begann zu schwanken.

»Hallo!«

»Nicht doch«, sagte Alison.

»Was denn?«

»Rühr sie nicht an.«

»Du spinnst doch wohl.«

»Gib mir den Bleistift, ich will weitermachen«, sagte Alison.

»Ich habe den Salat ins Spülbecken gelegt«, rief Gwyn. »Ich gehe jetzt mal nach Alison sehen.«

»Moment mal, Junge«, sagte die Mutter, »der Salat muß auch gewaschen werden. Ich hab nur zwei Hände.«

Gwyn hieb die Wurzeln in den Schweineeimer und ließ Wasser einlaufen. Seine Mutter kam aus der Speisekammer. Sie überlegte, was sie noch alles brauchte, um Brot zu machen. Gwyn rupfte die Blätter und warf sie ins Wasser.

Lange sprach keiner von beiden.

»Ich habe dir gesagt, du sollst dich mit dem Salatholen beeilen«, sagte seine Mutter, »bist du bis nach Aber gewesen deswegen?«

»Ich habe noch geschwatzt«, sagte Gwyn.

»Oh?«

»Mit Roger.«

»Du hast mit Halfbacon geschwatzt«, sagte seine Mutter, »schließlich hab ich noch Augen im Kopf.«

»Na und?«

»Ich habe dir gesagt, du sollst dich nicht mit ihm einlassen, oder?«

»Ich bin nur einen Moment bei ihm stehengeblieben.«

»Laß den alten Narren in Ruh, verstehst du mich. Wie oft soll ich dir's noch sagen!«

»Er ist gar nicht alt«, wandte Gwyn ein.

»Jetzt komm mir nicht auch noch damit«, sagte seine Mutter, »mach nur so weiter, wenn ich dir eine kleben soll.«

»Es sind Schnecken im Salat«, sagte Gwyn.

»Und du hast wieder Welsh geredet.«

»Huw hat Schwierigkeiten mit dem Englischen. Er kann sich da nicht so gut ausdrücken.«

»Ich will nicht, daß du Welsh sprichst. Und du weißt das ganz genau. Ich habe mich nicht all die Jahre in Aber abgequält, damit du wie ein Arbeiter daherredest. Dann hätte ich auch gleich im Tal bleiben können, wenn ich das gewollt hätte.«

»Aber Mam. Ich brauche doch Übung. Nächstes Jahr ist die Prüfung.«

»Wenn ich gewußt hätte, daß ihr da diesen Mist lernt, hätte ich dich nie aufs Gymnasium geschickt.«

»Ja, Mam. Das sagst du ständig.«

»Über was habt ihr überhaupt gesprochen?«

»Ich habe Huw nur gefragt, ob er mir sagen könne, wie diese Teller auf den Dachboden über Alisons Zimmer kommen.«

Das Schweigen ließ Gwyn sich umsehen.

Seine Mutter lehnte gegen das Backbrett, die eine Hand gegen ihren dünnen Körper gepreßt.

»Du bist doch nicht etwa dort oben auf dem Dach gewesen, Junge?«

»Doch. Alison war ... nun ein bißchen besorgt, und da bin ich hinaufgestiegen und habe diese Teller gefunden. Ich habe sie nicht angerührt. Nur einen. Sie macht ihn jetzt gerade sauber.«

»Diese Alison!« sagte Gwyns Mutter, ging auf die

Treppe zu und putzte sich ihre mehlbestäubten Arme an der Schürze ab. Gwyn folgte ihr.

Sie hörten Alison und Roger lachen. Gwyns Mutter klopfte an die Schlafzimmertür und trat ein. Alison und Roger spielten mit drei rasch zurechtgeschnittenen Papiermodellen der Vögel. Eines stand auf dem Kerzenstock, die anderen Seite an Seite auf einer Stuhllehne.

Der Teller, den Gwyn mit vom Boden heruntergebracht hatte, lag neben Alisons Kissen und war mit Papierfetzen bedeckt.

Alison schob den Teller hinter sich, als sie Gwyns Mutter hereinkommen sah.

»Nun, Miss Alison, was ist mit den Tellern?«

»Mit den Tellern, Nancy?«

»Wenn Sie bitte ...«

»Was denn für Teller, Nancy?«

»Sie wissen sehr genau, was ich meine, Miss Alison. Die Teller vom Boden nämlich.«

»Was ist denn mit denen?«

»Wo sind sie?«

»Hier ist nur einer, Mam«, sagte Gwyn.

»Gwyn!« sagte Alison.

»Ich muß Sie entschieden bitten, mir diesen Teller auszuhändigen, Miss.«

»Warum?«

»Sie hatten kein Recht, da hinaufzugehen.«

»Ich war ja auch gar nicht oben.«

»Sie haben auch kein Recht, den Jungen hinaufzuschicken.«

»Ich habe ihn nicht geschickt.«

»Entschuldigt mich«, sagte Roger, »ich hab was zu tun.« Er verließ das Zimmer.

»Ich wäre Ihnen dankbar, wenn Sie mich nicht länger aufhalten würden, Miss Alison. Bitte, geben Sie mir den Teller.«

Nancy fauchte wie eine alte Gans.

»Bitte, geben Sie mir den Teller, Miss Alison.«

»Wessen Haus ist das hier eigentlich?« fragte Alison.

Gwyns Mutter schien jetzt entschlossen. Sie trat an das Bett und streckte ihre Hand aus: »Also bitte, ich habe doch gesehen, wie sie ihn unter das Kissen gesteckt haben.«

Alison saß steif im Bett. Gwyn dachte schon, sie werde seine Mutter aus dem Zimmer weisen. Aber Alison griff hinter sich, holte den Teller hervor und warf ihn vor sich auf das Bett. Gwyns Mutter nahm ihn auf. Es war ein einfacher weißer Teller, ohne ein Muster.

»Sehr gut, Miss Alison, sehr gut.«

Nancy rannte aus dem Zimmer, den Teller in der Hand. Gwyn stand an der Tür und pfiff leise durch die Zähne.

»Irgendwo zaubern gelernt, Mädchen?«

3

Da hast du ja was Schönes angerichtet«, sagte Roger, »Nancy hat ihre Schürze über den Kopf gezogen, und deine Mutter hat einen hysterischen Anfall bekommen. Nancy redet mal wieder von ihrer Würde. Sie hat meinem Dad schon dreimal gekündigt.«

»Warum nimmt er die Kündigung nicht an?« fragte Alison.

»So gut solltest du Dad doch kennen«, sagte Roger, »der nimmt alles hin, wenn er nur seine Ruhe hat, und deswegen bekommt er auch nie seine Ruhe. Schade, sie hat gewußt, daß die Teller bemalt sind. Was hast du eigentlich mit dem Teller gemacht?«

»Gar nichts.«

»Ah … komm schon.«

»Ich habe gar nichts damit gemacht. Es war derselbe Teller, von dem ich die Eulen abgezeichnet habe.«

»Aber Gwyn behauptet, du hättest Nancy einen ganz gewöhnlichen weißen Teller gegeben.«

»Das Muster ist verschwunden.«

Roger begann zu lachen, hielt dann inne.

»Das meinst du doch nicht im Ernst?«

Alison nickte.

»Ali, das ist doch nicht möglich«, sagte Roger. »Die Teller waren glasiert. Die Muster sind unter der Glasur. Man kann das doch nicht abreiben.«

»Aber so war es«, sagte Alison,

»Unmöglich, mein liebes Stiefschwesterchen. Ich werde es dir zeigen.«

Roger stieg auf die Leiter und öffnete die Luke.

»Es ist dunkel. Wo ist die Taschenlampe?«

»Hier«, sagte Alison, »siehst du die Teller nicht? Sie stehen in der Ecke, irgendwo links von dir.«

»Ja, ich bring ein paar mit runter, damit wir mal nachsehen können, ob sie alle gleich sind.«

»Bring mehr. Soviel du kannst. Reich sie mir runter.«

»Besser nicht«, sagte Roger, »nicht zuviel nach dem Gerangel. Aber ich glaube nicht, daß man die paar hier vermißt.«

»Gib acht«, sagte Alison, »Gwyn ist beinahe eingebrochen. Es war seltsam.«

»Muß wohl.«

»Nein, wirklich eigenartig. Er rutschte aus, als er die Teller berührte. Es wurde ihm schwarz vor den Augen.«

»Es ist ausgerechnet die dunkelste Ecke«, sagte Roger.

Sie wuschen die Teller ab und brachten sie zum Fenster. Roger kratzte danach mit der Nagelbürste an der Glasur.

»Die Glasur ist gesprungen«, stellte er fest und schabte sie mit den Fingernägeln vollends ab, »man bekommt sie ganz leicht los.«

»Na schön«, sagte Alison, »ich will diese Eulen abpausen, ehe sie auch wieder verschwinden. Diesmal will ich mir Mühe geben, auf etwas festerem Papier.«

»Doch nicht noch mehr«, erschrak Roger. »Warum willst du denn noch mehr? Wo sind eigentlich die drei anderen hingekommen?«

»Ich konnte sie einfach nicht mehr finden.«

»Wenn du mit dem Durchpausen wieder anfängst, hau ich lieber ab«, sagte Roger. »Wenn man eine kennt,

kennt man doch alle. Soll ich dein Geschirr mit runternehmen?«

»Ich hatte noch kein Essen«, sagte Alison.

»Hat dir Dad nicht das Tablett raufgebracht?«

»Nein.«

Roger grinste.

»Mutter hat ihn aber an seine Vaterpflichten erinnert.«

»Er war nicht hier.«

»Guter alter Dad«, sagte Roger.

Roger ging die Treppe hinunter und durch die Küche in den Hinterteil des Hauses. Er horchte an der Tür des langgezogenen Traktes. Früher war da einmal die Milchküche gewesen. Jetzt hatten sie dort ein Billardzimmer eingerichtet. Er hörte das Klicken der Elfenbeinkugeln.

Roger öffnete die Tür. Sein Vater spielte Snooker mit sich selbst im Halbdunkeln. Das Tablett stand auf dem Sessel.

»Hallo Dad«, sagte Roger, »wie läuft's?«

»Ganz prächtig«, sagte sein Vater.

»Soll ich dir Licht machen?«

»Nicht nötig. Ich spiel nur so rum.«

Roger setzte sich auf die Kante des Stuhls. Sein Vater ging um den Tisch. Die Kugeln rollten unter den Augen der Falken, Bussarde, Ottern, Füchse, Dachse und Wiesel, die hinter Glas standen, in die Löcher.

»Stören die dich nicht beim Spiel?« fragte Roger.

»Ha, ja … ja.«

»Dieser Raum war die Milchküche früher, nicht wahr?«

»O ja, ich glaube.«

»Gwyn hat es mir erzählt. Er meint, es könnte ursprünglich das Haus gewesen sein … davor eine offene Halle, in der alle zusammen lebten.«

»Wirklich?« sagte sein Vater. »Stell dir das mal vor.«

»Das gibt's häufig«, erklärte Roger. »Das alte Haus wird zum Anbau.«

»Verdammt«, sagte Rogers Vater, »hat sich ausgesnookert. Ende der Vorstellung.« Er richtete sich auf und kalkte sein Queue.

»Ja, ein uralter Platz das.«

»Die alte Wandverschalung würde viel besser wirken«, überlegte Roger, »das regt mich doch auf. Ich meine, warum denn etwas Echtes mit dem blöden Zeug zukleistern?«

»Ich fand's ganz geschmackvoll«, sagte sein Vater.

»Na schön«, sagte Roger, »aber warum Rauhputz auf eine solche Wand? Rauhputz innen!« Ein Rechteck der Wand nahe der Tür war mit Mörtel verkrustet.

»Ich hab schon Schlimmeres gesehen«, sagte sein Vater. »Als ich im Geschäft anfing, war ich ein paar Jahre im Außendienst. Da gab's so eine Bed-and-Breakfast-Stelle in Kendal. Die hatten grauen Rauhputz an allen Wänden. Fünfzehn-Watt-Birnen auch. Das vergaß ich nie. In allen Zimmern. Wir nannten es das Düster-Loch.«

»Na, die hatten es wenigstens überall«, sagte Roger, »aber warum denn gerade an diesem Stück Wand?«

»Feucht?«

»Die Mauern sind meterdick.«

»Trotzdem«, sagte sein Vater, »da muß irgend etwas nicht in Ordnung sein. Es hat Sprünge.«

»Wirklich? Heute morgen noch nicht.«

»Quer rüber, ganz oben.«

»Das war am Morgen bestimmt noch nicht«, meinte Roger. »Ich habe Gwyn Billard beigebracht. Wir haben uns auch darüber unterhalten, was der Rauhputz soll. Ich habe ganz genau hingesehen. Da war kein Sprung.«

»Na, jetzt ist aber einer da«, sagte sein Vater. »Hat keinen Zweck heute noch viel zu tun. Wir wollen zusammenpacken.«

Sie sammelten die Kugeln ein, stellten den Stock weg und legten den Überzug auf den Tisch. »Soll ich Ali ihr Essen raufbringen?« fragte Roger.

»Ja ... ach, nein, nein. Ich habe gesagt, ich würde es ihr bringen. Besser, ich geh. Margret meint, ich sollte. Sie ist ein bißchen durcheinander von dem Ärger.«

»Wie geht es Nancy?«

»Puh. Da war wirklich was los. Aber ich glaube, wir haben es überstanden. Geld hilft ja fast immer. Sie ist stinksauer wegen ein paar Tellern. Ich habe nicht recht begriffen, was sie eigentlich wollte. Nein, ich geh besser mal selbst und sprech mit dem alten Mädchen!«

Alison schnitt gerade die letzte Eule aus.

Sie hatte die Teller auf das Bord gestellt, und die Eulen, sobald sie sie fertig hatte, im Zimmer verteilt. Er stieß die Tür mit der Schulter auf und kam rückwärts herein.

»Essen fassen!«

»Danke, Clive«, sagte Alison, »und was gibt es?«

»Nancys welker Salat in ranziger Mayonnaise.«

Er stellte das Tablett ans Bett und machte Licht.

»Hübsche Burschen, das muß ich sagen. Was soll denn das darstellen?«

»Eulen. Ich hab sie gemacht.«

»Ganz witzig.«

»Ja.«

»Na, hmm ... wie geht's mit den Bauchschmerzen?«

»Viel besser, danke.«

»Dann wirst du's ja morgen wieder packen.«

»Wie ist es dir und Mummy ergangen heute?« fragte Alison.

»Nichts gefangen, und einer der Stiefel ist leck. Hab

große Hoffnungen für morgen. Der alte Halbgebackene sagt, er wisse eine Strecke im Fluß, wo sie totsicher beißen.«

»Ich wette, er hat dir aber nicht gesagt, wo das ist.«

»Hmmm ... nein. Das hat er tatsächlich nicht.«

»Haben sie dich raufgeschickt, um mir wegen Nancy den Kopf zu waschen?«

»Wah? haha«, sagte Clive.

»Ich weiß nicht, warum sie sich eigentlich so aufgeregt hat«, sagte Alison, »es geht sie doch überhaupt nichts an. Gwyn hat diese Teller auf dem Boden gefunden, und sie kommt hier reingestürmt, als ob ihr alles gehört.«

»Ja. Na, die alte Nancy. Du kennst sie doch ...«

»Aber sie wurde fuchsteufelswild, Clive.«

»Nur zu wahr. Wir bekamen auch noch einen Kübel voll mit ab, als wir heimkamen. Ich sag dir, deine Mutter hat das furchtbar aufgeregt. Sie sagt, du solltest am besten ... na, es einfach runterschlucken!«

»Aber das ist doch mein Haus, nicht wahr?« sagte Alison.

»O ja.«

»Nun dann.«

»Es ist ein bißchen knifflig. Wenn dein Vater es nicht dir überschrieben hätte, ehe er starb, hätte deine Mutter das Haus verkaufen müssen, um die Erbschaftssteuer zahlen zu können. Morbid, aber so war es.«

»Aber es ist trotzdem mein Haus«, sagte Alison, »und ich muß schließlich von meiner Köchin keine Befehle entgegennehmen.«

»Klar«, sagte Clive, »aber denk mal an deine Mutter. Es war schwierig genug, für den ganzen Sommer jemanden zu bekommen. Wenn Nancy hier abhaut, finden wir keinen Ersatz, und dann muß deine Mutter alles selbst machen. Sie hat sich sehr aufgeregt. Und es ist doch das erste Mal, daß wir alle zusammen sind ... als eine Familie, und ... ah, du weißt schon?«

»Ja, Clive, ich denke schon.«

»So gefällst du mir. Und nun iß mal was ... hallo, hört sich an, als wären da Mäuse unter dem Dach.«

»Du brauchst nicht hier zu warten, Clive«, sagte Alison. »Ich bin nicht hungrig. Ich esse später und bring das Tablett am Morgen mit runter. Sag Mummy, sie soll sich nicht mehr ärgern.«

»Bist ein gutes Mädchen. *God bless.*«

4

Und das Zimmer eiskalt«, sagte Roger, »wie in einem Tiefkühlfach. Aber der Lärm war das Schlimmste. Ich dachte, die Decke kommt runter. Und dann dieses Kratzen rund um ihr Bett, auch an der Wand, dann auf dem Eisen und auf ihrem Tablett … man konnte den Unterschied ganz genau heraushören. Hast du das auch gehört, als du auf den Boden hinaufgestiegen bist?«

»Nein, es war nicht so arg«, sagte Gwyn, »aber sie sagte, es sei lauter geworden. Was hast du gemacht?«

»Ich habe sie angerufen, aber sie hat fest geschlafen.«

»Wie spät war es denn?«

»Gegen ein Uhr«, sagte Roger, »es war doch heiß letzte Nacht … ich konnte einfach nicht einschlafen. Immerzu hörte ich dieses Geräusch. Ich dachte, sie hätte einen Alptraum, und dann dachte ich, sie sei krank. Also ging ich rauf.«

»Und das Geräusch kam vom Bodenraum? Bist du da sicher?«

»Völlig. Es war, als ob irgend etwas seine Klauen an den Dielen schärfe oder versuche, sich zu befreien. Jedenfalls war es alles andere als lustig.«

»Bist du denn völlig sicher, daß es keine Ratten gewesen sind?«

»Ich weiß nicht, was es war«, sagte Roger, »aber es hörte sich an, als ob es etwas Größeres wäre.«

»Wie groß?«

»Groß genug.«

»Und dann?«

»Nichts … ich hatte einfach Schiß«, sagte Roger, »ich konnte das nicht ertragen.«

»Wie geht es ihr heute früh?«

»Ach, sie war in Ordnung beim Frühstück. Noch ein bißchen empfindlich, aber das ist alles.«

»Wo ist sie jetzt?«

»Sie sagt, sie müsse ihre Papiereulen suchen. Sie ist völlig besessen von diesen blödsinnigen Vögeln.«

»Die von den Tellern?« sagte Gwyn.

»Ja. Hast du eine Ahnung, wie die auf den Boden gekommen sind?«

»Meine Mam will mir nichts darüber sagen … nichts, worauf man sich einen Reim machen könnte. Sie ist ganz verrückt. Vor allem, weil Alison die Teller vertauscht hat. Puh! Sie redet jetzt daher wie ein walisischer Nationalist!«

»Ali sagt aber, sie habe keinen Teller vertauscht.«

»Erzähl das, wem du willst. Ich nehm dir das nicht ab«, sagte Gwyn.

»Das habe ich ihr gestern auch schon gesagt. Aber sie ist dabeigeblieben.«

»Klingelingeling«, sagte Gwyn.

»Hör mal. Ich hab noch zwei aus dem Bodenraum runtergeholt. Als ich gestern nacht in Alis Schlafzimmer war, standen sie noch auf dem Bord. Das Muster war weg.«

»Woher weißt du denn das?« fragte Alison. Sie stand in der Tür des Billardzimmers, die Teller in der Hand. »Ich wollte sie euch gerade zeigen.«

»Hmmm … ich dachte, du hättest letzte Nacht einen

schlechten Traum gehabt und hättest gerufen«, sagte Roger, »also schaute ich mal rein. Die Teller standen auf dem Bord.«

»Ja, sind das dieselben?« fragte Gwyn. »Merkwürdige Sache.«

»Wie kann denn das passieren?« überlegte Alison.

»Vielleicht, daß die Eulen durch das Abpausen von den Tellern verschwinden?«

»Was hast du denn dazu genommen«, fragte Roger, »etwa Bimsstein?«

»Laß uns mal die Eulen sehen«, sagte Gwyn.

»Ich habe keine mehr.«

»Was?« staunte Roger. »Du hast doch die ganze Zeit über nichts anderes gemacht, als Eulen auszuschneiden.«

»Sie verschwinden immer wieder.«

»Das gibt's doch nicht«, sagte Gwyn.

»Hat deine Mutter noch etwas dazu gesagt?« fragte Alison.

»Nichts, was ich wiederholen könnte. Außer, daß sie nur dann bleibt, wenn der Dachboden ständig zugenagelt wird.«

»Heute?«

»Die fliegt noch von ihrer eigenen Wut in die Luft. Es ist verrückt. Sie will Huw nicht ins Haus lassen.«

»Was hat sie denn gegen ihn?« fragte Alison.

»Weiß ich doch nicht«, sagte Gwyn, »Jedenfalls messe ich die Luke aus. Huw soll eine Verschalung zuschneiden, die nagele ich dann drauf. Das läßt sich ohne weiteres bis morgen früh hinauszögern. Genügend Zeit, um die restlichen Teller runterzuholen, oder?« – »Warum lassen wir sie nicht, wo sie sind?« fragte Roger.

»Das geht nicht«, meinte Alison, »ich muß unbedingt noch ein paar Eulen machen.«

Roger zuckte die Achseln.

»Wir müssen wohl etwas gewitzt vorgehen«, sagte Gwyn, »Mam läßt die Küchentür immer angelehnt. Sie kann uns leicht hören, wenn wir das Geschirr runterschaffen.« – »Diese Frau!« rief Alison. »Sie ist unmöglich!«

»Ich weiß, was Sie meinen, Miss Alison«, sagte Gwyn. In der Küche ertönte ein Schrei.

»Das ist Mam!« sagte Gwyn. Er schaute zur Tür hinaus. Nancy erschien an der Hintertür der Speisekammer, in einer Hand einen zerbrochenen Teller.

»Nein!« rief sie. »Wird hier neuerdings mit Tellern geworfen? Jetzt reicht's aber. Jetzt reicht's, Miss.«

»Was ist denn los?« fragte Alison.

»Kommen Sie mir bloß nicht so, Miss. Süß und unschuldig tun. Das kenn ich. Und Bosheit auf der Zunge!«

»Was geht hier vor?« rief Roger laut.

»Ich weiß, wo mein Platz ist«, sagte Nancy, »aber sie sollte auch wissen, was sich gehört. Hab ich das nötig, mir Teller an den Kopf schmeißen zu lassen. Und verhöhnen lassen muß man sich auch noch. Dabei ist das doch auch gefährlich. Also so etwas. Nein, das hätte ich Ihnen wirklich nicht zugetraut, Miss Alison. Pfui! Hier bleibe ich keinen Tag länger.«

»Ich war es«, sagte Gwyn, »ich habe herumgealbert. Ich habe nicht gesehen, daß die Tür offen stand. Der Teller ist mir aus der Hand geglitten. Tut mir wirklich leid, Mam.«

Nancy sagte nichts mehr. Sie zog sich zurück und schlug die Tür zu. Gwyn winkte die beiden anderen fort.

»O weh«, sagte Roger, »was war das denn?«

»Danke, Gwyn,« sagte Alison. Gwyn schaute sie fragend an.

»Ich konnte es einfach nicht verhindern«, sagte sie.

»Wirklich nicht?«

»Würde mir mal jemand erklären, was hier eigentlich gespielt wird?« sagte Roger.

»Vergiß es«, sagte Gwyn, »ich geh jetzt besser und beruhige erst mal meinen alten Liebling. Keine Aufregung. Ich komm schon klar mit ihr. Ich muß nachher noch runter in den Laden. Ich werde ihr ein paar Zigaretten mitbringen. Damit kann man sie glücklich machen.«

»Sie schaute so wild drein«, sagte Alison.

»Macht ihr keine Vorwürfe«, sagte Gwyn, »das legt sich wieder ... Geht und beruhigt eure Eltern. Sie sollen sich nicht aufregen. Geht ihr zuerst. Für alle Fälle. Ich kümmere mich um Mam. Und danach regeln wir das mit dem Boden. Sie ist sehr gereizt heute morgen. Ich soll nicht mit Huw reden. Aber der Auftrag soll ihm schon ausgerichtet werden.«

»Was ist denn eigentlich passiert?« fragte Roger.

»Das war doch der Teller, den sie gestern aus Alis Zimmer mitgenommen hat, oder?«

»Ich weiß«, sagte Gwyn. »Und wo sind die anderen?«

»Ich habe sie auf den Billardtisch gestellt«, sagte Alison.

»Ich werde sie an mich nehmen, wenn wir zurückkommen«, sagte Gwyn, »wir müssen sie uns später noch einmal genau anschauen.«

»Wer nimmt sich jetzt wen vor?« fragte Alison Roger, als sie über den Rasen gingen.

»Ein jeder sein eigen Fleisch und Blut«, meinte Roger.

»Mummy sonnt sich auf der Terrasse«, sagte Alison.

»Gut. Dad ist am Fluß. Ich nehme an, er probiert aus, ob seine Gummistiefel jetzt dicht halten. Merkwürdige Beschäftigung, nicht wahr? Weißt du, unmittelbar bevor Nancy losbrüllte ... als du über sie schimpftest ... da gab es einen Sprung im Rauhputz des Billardzimmers. Ich hab's gesehen. Ich stand hinter dir. Merkwürdig das. Es ist schon der zweite Riß seit gestern. Der andere ist Dad gestern abend aufgefallen.«

Gwyn ging langsam. Der Teller hatte auf der Anrichte in der Küche gestanden; seine Mutter war in der Speisekammer gewesen: ein schwieriger Wurf.

Wer könnte es gewesen sein? Huw schaufelte Koks bei den Ställen. Wer läßt sich so etwas einfallen? Das Klirren im Billardzimmer hörte sich an wie eine Explosion. Gwyn rannte. Die Scherben der Teller lagen auf dem Boden. Sie hatten die Wand dort getroffen, wo der Rauhputz war. Über die ganze Breite der Wand nahe der Decke zeichneten sich nun Risse ab. Gwyn schaute unter den Tisch und in die Schränke, aber da hatte sich niemand versteckt, und die Tiere saßen regungslos hinter dem Glas. Sehr behutsam und darum bemüht, keinen Lärm zu machen, sammelte Gwyn die Scherben ein. Die Morgensonne schien durch die Oberfenster und lag warm auf den Eichenbalken des Daches. Ein süßer Geruch ging von ihnen aus, die Essenz ihrer Jahre, Holz und Getreide und Milch, ein Geruch von all den Dingen, die sich einmal in diesem Zimmer befunden hatten. Ein Motorrad fuhr auf der Straße oberhalb des Hauses vorbei. Das Glas klirrte leise.

Gwyn hörte, wie hinter ihm etwas zu Boden fiel. Er wandte sich um. Ein großer Klumpen Putz war von der Wand heruntergebrochen, und dann kam noch ein Stück nach. Von der Stelle an der Wand, von der sich der Putz gelöst hatte, sahen ihn zwei Augen an.

5

Gwyn hat gesagt, er habe es getan. Aber ich glaube nicht, daß sie es ihm abgenommen hat, wenn sie danach auch nicht mehr meckern konnte.«

»Gut«, sagte Clive, »er hat nicht den Kopf verloren.«

»Ja, Gwyn ist in Ordnung«, sagte Roger, »aber ich dachte mir, ich sollte es dir erzählen, falls Nancy deswegen wieder eine Szene macht.«

»O ja«, sagte Clive.

»Niemand von uns hat den Teller geworfen«, sagte Roger.

»Er ist wahrscheinlich runtergefallen, und das alte Mädchen hat gemeint, jemand habe es auf sie abgesehen«, sagte Clive. »Die geflickte Stelle scheint zu halten.« Er stapfte aus dem Fluß. »Trocken wie ein Knochen.«

»Hast du das gesehen, Dad?« fragte Roger. Er deutete auf den hochragenden Felsen. »Dieses Loch?«

»Oh? Nein.«

»Hast du eine Ahnung, wer das gebohrt haben könnte?« fragte Roger. »Es geht durch den ganzen Fels hindurch.«

»Tatsächlich. Mit einer Maschine, würde ich meinen. Gute Arbeit. Ziemlich merkwürdig so was hier draußen in der Wildnis.«

»Schau mal von der anderen Seite durch zum Haus hinüber.«

Rogers Vater legte seine Hände auf die Knie, bückte sich und blickte durch das Loch.

»Also, das hätte ich nicht gedacht.«

»Man sieht gerade den Kamm und die Bäume, nicht wahr?«

»Wie ein Schnappschuß.«

»Das wäre es«, sagte Roger, »ich frage mich, ob es geht. Man brauchte da ziemlich viel Tiefenschärfe, und die Kamera, die ich mitgebracht habe, hört bei f 16 auf. Technisch wäre es interessant. Du gehst doch heute einkaufen, nicht wahr?«

»Ja. Bin nach dem Tee zurück, denke ich. Das ist das Unangenehme hier. Jede Woche geht fast ein Tag allein dafür drauf.«

»Ich brauche einen anderen Film und Papier«, sagte Roger. »Könntest du mir das mitbringen?«

»Klar. Schreib's mir auf, alter Junge.«

Gwyn verschloß die Tür des Billardzimmers. Statt den Schlüssel an den Haken in der Küche zu hängen, behielt er ihn in der Tasche und ging den engen Pfad zwischen der Rückseite des Hauses und der Stützmauer des steilen Gartens entlang. Er bewegte sich in einem grünen Licht von Farnen und feuchtem Moos. Die Luft roch kühl.

Als er den offenen Rasenplatz erreichte, setzte er sich auf die Kante des Fischbeckens und spülte sich die Hände ab. Grauer Kalkstaub löste sich von seinen Fingern und legte sich wie ein Spinnennetz auf das Wasser. Er biß einen abgebrochenen Nagel glatt und kratzte den Sand mit einem Hölzchen hervor. Dann ging er zu den Stallungen.

Zuerst meinte er, Huw sei mit dem Koks schon fertig. Aber als er in den Hof kam und Huw auf seine Schaufel gelehnt dastehen sah, merkte er, daß ihn etwas hatte innehalten lassen. Huw hatte zwei Finger in seine Westentasche eingehakt und den Kopf wie horchend zur Seite gewandt. Sein Körper schien angespannt, aber er bewegte sich nicht. Er sprach mit sich selbst, doch Gwyn konnte nicht verstehen, was er sagte.

Die Sonne blendete ihn, als er versuchte herauszufinden, auf was Huw denn da blickte. Dann sah er es. Es spielte sich über den ganzen Himmel hin ab.

Der Himmel war wolkenlos, gegen die Sonne hin wurde die Bläue fast weiß. In der Luft war ein Pulsieren, etwas blitzte wie kaltes Feuer, manchmal dunkel, manchmal blaß. Das Pulsieren nahm zu, und nun folgten die Schatten einander so rasch, daß es Gwyn wie ein Zittern schien, ein Spiel des Lichtes, ein Gleißen auf Flügeln. Und als er sich umsah, spürte er, daß er nie zuvor die Bäume und Felsen mit einer solchen Schärfe wahrgenommen hatte, und die harte Linie des Gebirges bewirkte, daß er seinen Herzschlag spürte. »Ach verrückt«, sagte Gwyn.

Er ging auf Huw Halfbacon zu. Huw rührte sich nicht, und jetzt hörte Gwyn auch, was er sagte. Es war fast ein Gesang:

»Komm, apfelsüßer Stammler; komm Harfe meiner Freude; komm, Sommer, komm.«

»Huw.«

»Komm, apfelsüßer Stammler; komm, Harfe meiner Freude; komm, Sommer, komm.«

»Huw.«

»Komm, apfelsüßer Stammler; komm, Harfe meiner Freude; komm, Sommer, komm.«

Huw sah zu Gwyn hin und schaute durch ihn hindurch.

»Sie kommt«, sagte er, »sie wird jetzt nicht mehr lange auf sich warten lassen.«

»Mam bittet, du möchtest ein Brett zuschneiden, damit wir die Luke oben im Haus zunageln können«, sagte Gwyn. »Wenn ich es ausmesse, kannst du die Arbeit bis morgen hinauszögern?«

Huw seufzte und begann wieder Koks zu schaufeln.

»Du willst ein Brett, um oben den Bodenraum zuzunageln. Ist es das, was du gesagt hast?«

»Ja, aber wir brauchen Zeit, um die Teller noch runterzuholen, ohne daß Mam etwas merkt.«

»Sei vorsichtig.«

»Mach dir keine Sorgen.«

»Ich tu das für dich«, sagte Huw.

»Was hat eigentlich Mam gegen dich?«

»Da solltest du besser sie fragen. Ich habe keinen Streit.«

»Sie ist doch die ganze Zeit über aus dem Tal fortgewesen. Man sollte doch denken, daß der alte Zank längst vergessen ist. Aber sie spricht nicht mit dir, nicht wahr?«

»Vielleicht hat sie auf die englische Art Angst«, sagte Huw, »aber wenn sie meint, ich sei nicht ganz richtig im Kopf, hätte sie erst einmal meinen Onkel sehen sollen. Und meinen Großvater, den wollten sie sogar hinter schwedische Gardinen stecken.«

»Warum?«

»Großvater«, sagte Huw, »er wurde verrückt, unten am Fluß in dem Wald.«

»Hier bei uns?« fragte Gwyn. »Etwa im Wald, dort, wo es sumpfig ist?«

»Ja. Wir gehen da nicht hin.«

»Ist er tatsächlich verrückt geworden?« fragte Gwyn.

»Das war jedenfalls die Meinung des Engländers. Sie ließen ihn nicht hier bleiben. Er verlor seinen Job.«

»Der Engländer? Wurde denn das Haus selbst damals nicht ständig bewohnt?«

»Es war niemals ein Daheim«, sagte Huw, »sie kamen für eine gewisse Zeit und gingen wieder. Und mein Großvater mußte gehen. Sie ließen nicht zu, daß er im Tal blieb.«

»Und was ist aus ihm geworden?«

»Er ging weg. Manchmal hörten wir was von ihm. Er schickte diese Teller. Er arbeitete in den großen Brennereien; er bemalte die Teller und schickte sie nach Haus, und einen Brief schrieb er. Es ginge ihm gut, hieß es dann, aber bald danach kam Nachricht, daß er in Stoke gestorben sei.«

»Aber warum hat man sie dort auf den Boden gestellt? Und warum ist Mam so außer sich geraten, als ich sie gefunden habe?«

»Frag sie selbst. Sie ist deine Mutter«, sagte Huw, »vielleicht, weil es im Tal immer noch Gerede gibt.«

»Wird etwas für das Haus gebraucht, Halfbacon? Wir fahren jetzt einkaufen?« Roger und sein Vater kamen in den Hof.

»Nein, Sir«, sagte Huw, »wir brauchen nichts.«

»Gut«, sagte Clive, »dann mache ich mich davon. Schreib noch auf, was ich dir für deine Schnappschüsse mitbringen soll, Roger. Komischer Felsen, den ihr da in der Wiese habt, Halfbacon. Wer hat denn das Loch da reingebohrt?«

»Es ist der Stein von Gronw«, sagte Huw.

»Oh? Und was ist das? Kann man das essen? Ha, ha.«

»An dieser Stelle ist ein Mann getötet worden«, sagte Huw, »in alten Zeiten.«

»War das genau dort?«

»Ja«, antwortete Huw, »hat einem anderen die Frau weggenommen.«

»Recht seltsam, muß ich schon sagen«, meinte Clive,

»dann ist also der Stein wohl so eine Art Denkmal? Aber wer hat das Loch gemacht? Man kann durch das Loch die Bäume oben auf dem Kamm sehen.«

»Ja, Sir«, sagte Huw, »er steht da am Ufer des Flusses, verstehen Sie, und der Ehemann ist oben auf dem Bryn mit einem Speer, und er setzt den Stein zwischen sich und den Speer, und der Speer fährt durch den Stein und auch durch ihn hindurch.«

»Oho«, sagte Clive.

»Warum ist er denn da stehengeblieben und hat das mit sich geschehen lassen?« fragte Roger.

»Weil er zuvor auf eben dieselbe Art und Weise den Ehemann getötet hatte, um dessen Frau zu bekommen.«

»Aug um Aug, Zahn um Zahn«, sagte Clive. »Solche alten Geschichten, eh? Nun, ich muß weg.«

»Ja, Sir, so ist es geschehen in der alten Zeit.«

Gwyn ging mit Roger und dessen Vater auf das Haus zu.

»Werden Sie heute das Billardzimmer benutzen, Mr. Bradley?«

»Nein«, antwortete Clive, »ich gehe fischen, sobald wir zurück sind; muß das Wetter ausnutzen, verstehst du. Wenn du spielen willst, nur zu, alter Junge.«

»Hier habe ich aufgeschrieben, was ich für meine Kamera brauche, Dad«, sagte Roger. »Steht alles genau auf dem Zettel.«

»In Ordnung«, sagte Clive, »na dann, cheerio!«

»Ich fing schon an, dieses Gefasel des alten Lügners zu glauben«, überlegte Roger.

»Huw hat nicht gelogen. Nicht absichtlich«, sagte Gwyn.

»Was? Ein Speer, der ein solches Loch schlägt? Von dort oben aus und zwischen den Bäumen hindurch?«

»Huw ist davon überzeugt.«

»Ihr Waliser seid alle gleich«, sagte Roger, »man muß nur einen kratzen, und gleich bluten alle.«

»Was ist dir denn gestern am Stein des Gronw passiert?« fragte Gwyn. »Du weißt doch, als ich zu erklären versuchte, wie es war, als ich den Teller aufnahm, da hast du plötzlich angefangen, von dem Stein zu reden.«

»Es war nur so ein Gefühl«, sagte Roger, »eben ist noch alles völlig in Ordnung ... im nächsten Augenblick scheint alles anders. Zuviel Fettlebe, würde ich meinen. Ich muß mich mal nur an Joghurt halten ...«

»Und du bist sofort vom Fluß heraufgekommen«, sagte Gwyn, »nicht wahr? Denk mal nach, Mann. Wir haben beide etwas gespürt, und es muß fast zur selben Zeit gewesen sein. Was war das?«

»Ein dumpfer Schlag«, sagte Roger, »eine Art von Gekreisch. Sehr schnell. Vielleicht war da ein Unfall ...«

»Davon habe ich nichts gehört«, sagte Gwyn, »und in dem Tal kannst du nicht einmal niesen, ohne daß es jeder von hier bis Aber weiß.«

»Es war auch wie ein Pfeifen«, sagte Roger, »in der Luft. Das ist alles.«

»Und ich krieg einen Schlag von den Tellern«, sagte Gwyn. »Und nichts ist mehr wie zuvor seither. Ist dir am Himmel nichts aufgefallen, als wir vor ein paar Minuten da mit deinem Dad liefen?«

»Nein.«

»Blitzen«, sagte Gwyn, »wie ein Blitz, der eingeschaltet wird, aber blau.«

»Nein«, sagte Roger.

»Huw hat es auch gesehen. Wo ist Alison?«

»Zu ihrer Mutter gegangen, um ihr von dir zu erzählen.«

»Ich muß dir etwas zeigen«, sagte Gwyn, »im Billardzimmer.«

Sie trafen Alison dort, die an der Türklinke rüttelte.

»Warum habt ihr abgeschlossen?« fragte sie. »Ich will die Teller haben.«

»Sie sind noch da«, sagte Gwyn.

Sie schlossen die Tür auf und traten ein.

»Gwyn! Du hast sie zerbrochen!«

»Nicht ich, meine Dame. Hast du mal hinter dich geschaut?«

»Heilige Kuh!« sagte Roger.

6

Sie war großgewachsen. Ihr langes Haar fiel ihr bis auf die Hüfte, rahmte golden ihr blasses und liebliches Gesicht ein. Ihre Augen waren blau. Sie trug ein loses Gewand aus weißem Gewebe, bestickt mit saftigen, grünen Stengeln von Ginster und Mädesüß, und einen Kranz von grünen Eichenblättern im Haar.

»Sie hat mich ganz schön erschreckt«, sagte Gwyn, »zuerst sah man nur ihre Augen, aber der Rest vom Putz kam auch bald noch runter.«

»Sie ist so schön«, sagte Alison, »wer ist nur darauf gekommen, das abzudecken?«

»Sechzehntes Jahrhundert, würde ich meinen«, sagte Roger, »so frisch, als sei es eben erst gemalt. Wie sich das darunter gehalten hat?«

Die Frau war in Lebensgröße in Öl auf eine hölzerne Täfelung gemalt. Sie stand vor einem Hintergrund von Kleeblättern.

»Was für ein Fund« staunte Roger, »das bringt Tausende.«

»Nicht so stürmisch«, sagte Gwyn, »wir sollten unseren Mund halten. Du wirst mit deinem Dad reden. Die Person, die nichts davon erfahren sollte, ist meine Mam.«

»Warum nicht, um Himmels willen? Begreifst du denn nicht? Das ist ein Meisterwerk hier.«

»Meine Mam würde mit der Axt darauf losgehen«, sagte Gwyn. »Denkt erst mal nach. Ihr habt mich noch nicht gefragt, wie ich es gefunden habe.«

»Also wie denn?« fragte Alison.

»Es waren deine Teller. Ich kam hier rein und hörte sie gerade noch zerbrechen. Sie sind gegen den Rauhputz geworfen worden, und dabei fiel ein Stück ab.«

»Aber warum sollte denn deine Mutter das zerstören wollen?« fragte Alison.

»Meine Mam muß furchtbare Angst haben wegen irgend etwas. Sie ist auch sonst manchmal schwer zu ertragen, aber so schlimm war es mit ihr noch nie. Es müssen die Teller sein, was Alison?«

»Wie soll ich das wissen?«

»Vermutung. Huw sagte: ›Paß auf, wie du sie ansiehst‹ und jetzt hat er gesagt: ›Sie kommt‹.«

»Was hat das zu bedeuten?« fragte Roger.

»Das weiß ich auch nicht. Vielleicht redet er ja vom Wetter. Auf Welsh ist es weiblich.«

»Dann meint er das Wetter«, sagte Roger.

»Ich weiß nicht, überleg doch mal«, sagte Gwyn, »jemand hat sich über das Bild und das Geschirr so aufgeregt, daß er es auf dem Boden versteckt und die Wand verputzt hat. Die Mühe macht sich doch keiner für nichts und wieder nichts. Jemand wollte unbedingt beides verstecken, und jetzt ist es nicht mehr versteckt. Jetzt liegt beides … offen!«

»Es muß ja nicht dieselbe Person gewesen sein. Es kann doch um nichts Schlimmes gehen«, sagte Alison, »nicht bei so etwas Wunderbarem.«

»Hast du dir's mal genau angeschaut? Wunderbar die Einzelheiten, nicht wahr?« sagte Gwyn.

»Jedes Haarbüschel«, sagte Roger, »ich komme immer noch nicht darüber weg. Daß es sich die ganze Zeit über so gut erhalten hat!«

»Prächtig«, sagte Gwyn, »sieh dir mal die Köpfe der Kleeblüten an.«

»Stark. Wie Heraldik«, sagte Roger. Er trat ganz nahe an die Täfelung heran. »Man würde sie am liebsten abpflücken …« Roger trat zurück.

»O nein«, sagte er.

»Was ist denn los?« fragte Alison. Sie schaute. Die Köpfe wurden von geschwungenen weißen Blüten gebildet, sie drängten sich wie zu einem Strauß zusammen. Jedes einzelne fein und scharf. Aber die Blüten waren keine Blüten. Es waren Klauen. »Jemand muß da eine gemeine Phantasie gehabt haben«, sagte Roger.

»Aber vielleicht war es ja auch so, als sie es malten«, sagte Gwyn, »gemein.«

»Man kann doch keine Blumen aus Klauen machen«, sagte Roger.

»Warum nicht? Du kannst ja auch Eulen aus Blumen machen, nicht wahr?« sagte Gwyn. »Wir wollen die Teller herunterholen. Ich will sie mir genau anschauen und mit den Mustern hier vergleichen. Laßt den Putz. Das räume ich später weg. Und sagt nichts wegen der Wand, bis wir mal in Ruhe drüber nachgedacht haben.«

Sie verabredeten, daß Gwyn und Roger die Teller vom Boden holen und sie in einem Wäschekorb aus dem Schlafzimmerfenster herunterlassen sollten. Unten würde Alison mit einer Schubkarre warten.

»Ich krieg langsam kalte Füße wegen all dem«, sagte Roger. »Sollten wir nicht doch besser alles so lassen, wie es ist, und den Bodenraum zunageln?«

»Es tut sich etwas in diesem Tal«, sagte Gwyn, »und meine Mam hängt da drin. Es ist, als habe sie den Todeskuß bekommen, seitdem sie die Teller gesehen hat. Dieser Klee, diese Teller, die Eulen und Blumen. Es ist gefährlich.«

»Also nagele oben zu«, sagte Roger. »Wenn du Ali

gestern nacht gesehen hättest, wärest du nicht mehr scharf auf die Teller.«

»Aber deswegen will ich sie doch gerade holen«, sagte Gwyn. »Erst müssen sie von ihr weg. Dann können wir weiter überlegen. Ich habe mir die Papiermodelle, die sie gemacht hat, nicht so genau angeschaut. Sahen sie echt aus?«

»Völlig. Ich habe sie mir betrachtet. Ein unerhörter Einfall, die Muster so abzupausen, daß sie zusammenpassen.«

»Verliert sie sie wirklich ständig?«

»Ich denke doch«, sagte Roger, »sie ist ja ganz durcheinander deswegen.«

»Das ist mir auch aufgefallen«, sagte Gwyn, »wir müssen die Verbindung unterbrechen.«

»Unterbrechen?«

»Klar, Batterien funktionieren nicht ohne Drähte.«

Gwyn stieg hinauf in den Bodenraum und reichte das Tafelservice Roger, der es in den Wäschekorb legte und es zu Alison abseilte. Dann vermaß Gwyn die Luke und kam wieder herunter.

»Weißt du, ich glaube, wir sehen das alles etwas übersteigert«, sagte Roger. »Wenn du sie dir ansiehst, sind es ganz gewöhnliche Teller. Und vielleicht waren es tatsächlich nur Mäuse.«

»Mäuse«, sagte Gwyn. »Das hätte ich beinahe vergessen. Ich habe ja eine Falle aufgestellt.«

Er stieg die Leiter hinauf und öffnete die Luke. Roger sah ihn von der Hüfte abwärts. Er stand ganz ruhig.

»Hast du etwas gefangen?« fragte Roger.

»Schon mal so eine Käfigfalle gesehen?« fragte Gwyn. »Siehst du. Vorn ist eine Tür. Wer da mal dahintergerät, kommt nicht wieder raus, klar?«

»Ja«, sagte Roger, »hast du nun was gefangen?«

»Ich glaube, es ist eine Maus«, sagte Gwyn.

»Wirklich?«

Gwyn kam die Leiter herunter. Er hielt Roger die Falle hin. Drinnen lag ein fest zusammengepreßter Ball aus Fell und Knochen.

»Muß eine Maus gewesen sein«, sagte er, »Eulen sind nicht sehr wählerisch. Sie schlucken alles sofort runter. Was sie nicht mögen, würgen sie dann wieder heraus. Das ist Eulengewölle, aber davor war es wohl mal eine Maus.«

7

Sie hatten Nancy nicht die Treppe heraufkommen hören. Plötzlich stand sie im Schlafzimmer.

»Das dauert aber lange, bis du diese Luke ausgemessen hast, Junge«, sagte sie. »Warum ist denn die Falle hier?«

»Ich bin gerade fertig geworden, Mam«, beruhigte Gwyn, »ich gehe jetzt noch runter in den Laden.«

»Wird auch Zeit«, sagte Nancy, »ich brauche Mehl, will zum Tee noch was backen. Beeil dich.«

»Könnte ich mein Geld vielleicht heute schon haben?« fragte Gwyn.

»Du hast dein Taschengeld Samstag bekommen«, sagte Nancy.

»Ich weiß, Mam. Kann ich es diesmal etwas zeitiger bekommen?«

»Du denkst wohl, ich mach's selber. Es gibt nichts, was nicht bis Samstag warten könnte, Junge.«

»Aber Mam ...«

»Ab zum Laden mir dir, und weniger Frechheiten.«

»Ich bin nicht frech.«

»Was denn sonst«, sagte Nancy.

Gwyn ging hinunter und betrat die Küche. Roger folgte ihm. Gwyn öffnete den Schrank und holte den Geldbeutel seiner Mutter hinter der Kakaobüchse hervor.

»Du willst dir doch wohl da nichts klemmen, oder?« fragte Roger.

»Nein«, sagte Gwyn.

»Für Mehl brauchst du kein Bargeld«, sagte Roger, »das geht auf Rechnung.«

»Ja«, sagte Gwyn.

»Bekommst du jede Woche dein Taschengeld?« fragte Roger.

»Ja.«

»Bißchen altmodisch, nicht?«

»Meinst du?«

»In diesem Fall, würde ich meinen, geht es schon in Ordnung, wenn du dir etwas zeitiger was holst. Das ist nicht geklaut. Das ist nur ein Vorgriff.«

»Und nicht mal das«, sagte Gwyn, »ich gebe.« Er öffnete die Geldbörse und ließ das Gewölle hineinfallen. »Armselig, aber mein.« Dann verschloß er die Geldbörse wieder und legte sie in den Schrank zurück.

Gwyn lief so rasch die Auffahrt hinunter, daß Roger ihm nachrennen mußte. Sein Gesicht war weiß, und er sagte nichts.

»War denn das nötig? Sie kann einen Herzschlag kriegen«, sagte Roger, »und außerdem: Sie ist immer noch deine Mutter.«

»Allerdings«, sagte Gwyn, »das ist sie.«

»Für was wolltest du denn das Geld?«

»Für zehn lausige Zigaretten.«

»Oh.«

»Zehn stinkende Zigaretten.«

»Schau«, sagte Roger, »wenn das alles ist, ich kann dir was leihen ...«

»Nein danke.«

»Brauchst es mir nicht wiederzugeben. Ich habe genug.«

»Glückwünsche.«

»Was ist denn mit dir los?«

»Nichts.«

»Schau mal. Laß es im Laden anschreiben auf die Rechnung. Das merkt nie jemand.«

»Nein danke.«

»Stellst du dich an!« sagte Roger.

Der Laden befand sich im Vorderzimmer eines Hauses eine halbe Meile talabwärts. Das Zimmer war eingerichtet, um darin zu wohnen. Es gab einen schwarzen Eichentisch mit geschnitzten Reihern und oben drauf eine rote Tomate aus Plastik, die einmal Ketchup enthalten hatte, aber nun nur noch zur Verzierung dastand. Krüge mit gekochten Süßigkeiten sah man auf den Borden unter Hochzeitsfotos, und neben der Großvateruhr gab es zwei Aschekästen mit Zucker und Mehl. Die Decke war so niedrig, daß man in den Fußboden ein Loch hatte schneiden müssen, damit die Uhr dort Platz fand. Mrs. Richards, die Ladeninhaberin, unterhielt sich mit Mrs. Lewis-Jones auf Welsh.

»Ich hab's vorhergesehen, Mrs. Lewis-Jones. Ich habe es kommen sehen. Es hat noch nie ein solches Sommerwetter wie in dieser Woche gegeben, und dann ist Gareth Pughs schwarze Sau wild ins Gebirge davon, und sie können sie einfach nicht wieder ins Tal kriegen. Großvater pflegte immer zu sagen: Die Tiere spüren es als erste.«

»So ist es«, sagte Mrs. Lewis-Jones, »sie sind so quengelig wie ein Baby beim Zahnen. Wir können uns überhaupt nicht mehr in die Nähe unseres schwarzen Bullen wagen, und die Schafe sind auch bis ganz rauf gelaufen. Mr. Lewis-Jones ist ständig draußen und flickt die Zäune bis zum Rabenstein.«

»Das ist ein langer Weg!« sagte Mrs. Richards.

»Ich nehme zwei, dünn geschnitten«, sagte Mrs. Lewis-Jones.

»Wir haben noch kein Brot da«, sagte Mrs. Richards, »der Briefträger ist nicht gekommen.«

»Ich denke, wir werden es zu unseren Lebzeiten noch erleben, Mrs. Richards.«

»Ist es schon sicher?«

»Das ist es. Mister Huw kam gestern abend, um uns davon zu erzählen. Er ging auf all die Höfe. Er sagt: Sie kommt und ihre Eulen auch.«

»Die armen Dinger«, sagte Mrs. Richards und schaute zur Seite zu Roger und Gwyn.

»Könnten wir …?« fragte Roger.

»Einen Augenblick bitte«, sagte Mrs. Richards. Sie schnitt ein Stück Butter von einem Block auf dem Fensterbrett. »Werden es wieder die drei sein, Mrs. Lewis-Jones?«

»Ja. Das Mädchen auch. Mister Huw sagt, sie hat Eulen daraus gemacht.«

»Wir müssen es ertragen«, sagte Mrs. Richards, »es gibt da ja keinen Ausweg.

»Da haben Sie ein wahres Wort gesagt, Mrs. Richards. Ich bekomme dann noch ein Paket Seifenflocken.«

»Entschuldigen Sie«, sagte Roger, »wenn das ein großer Einkauf ist, könnten wir vielleicht zwischendurch das Mehl bekommen? Wir haben es eilig.«

»Gewiß doch«, sagte Mrs. Lewis-Jones, »sind Sie der junge Herr aus dem Haus da oben?«

»Ja«, sagte Roger.

»Das ist nett«, sagte Mrs. Lewis-Jones. »Und du bist Nancys Gwyn, nicht wahr?«

»Ich bin Gwyn.«

»Das ist nett. Ich war als Mädchen mit deiner Mam zusammen. Geht es dir gut?«

»Ja … danke«, sagte Gwyn.

»Gut«, sagte Mrs. Lewis-Jones, »ein hübsches Tal, um Ferien zu machen.«

»Sechs Pfund Mehl für das Haus, bitte, Mrs. Richards«, sagte Gwyn.

»Gern, mein Junge.« Mrs. Richards fuhr mit der Schaufel in den Aschekasten. »Sie kommt also?«

»Sie kommt«, sagte Mrs. Lewis-Jones, »die arme Frau.«

»Wenn es so lange braucht, um ein halbes Pfund ranzige Butter und ein Paket Dash zu verlangen, bin ich doch ganz froh, daß ich kein Welsh spreche«, sagte Roger, als sie wieder draußen waren, »ich dachte schon, wir würden den ganzen Tag über dort warten müssen.«

»Sie haben geredet«, sagte Gwyn.

»Und wie«, sagte Roger, »aber über was eigentlich?«

»Das Wetter.«

»Typisch«, sagte Roger. »Frauen. He, ich habe Ali ja vorhin gar nicht gesehen, als wir rauskamen. Du etwa?«

»Nein, ich auch nicht.«

»Ich hoffe, sie ist mit den Tellern zurechtgekommen, ohne dabei erwischt worden zu sein. Merkwürdige Geschichte das mit der Falle, nicht wahr? Ich frage mich, warum sie diese gräßliche Maus da eingesperrt haben sollte. Man würde meinen, die sei noch zu mager gewesen, um auch bloß über sie zu lachen.«

»Nichts mit Lachen«, sagte Gwyn, »und sie hat sie auch nicht eingesperrt.«

»Aber sie muß es doch gewesen sein.«

»Nein. Es war noch warm.«

»Komm, mach keine Witze«, sagte Roger, »die Eule möchte ich sehen, die eine Maus aus der Falle holt, sie auffrißt und dann die Reste wieder da reinspuckt.«

»Ich lieber nicht«, sagte Gwyn.

»Weißt du, ist auch verdammt unhöflich, da nur Welsh zu sprechen«, sagte Roger. »Was hätten die wohl gesagt, wenn wir plötzlich mit Französisch angefangen hätten?«

»Ziemlich gedankenlos, ja. Sieht so aus, als gäbe es hier eben nur Waliser.«

»Mach dir nur nicht ins Hemd«, sagte Roger. »Du warst hinter mir, du hast es nicht gehört: Sie redeten Englisch, bis wir reinkamen.«

»Und was sagten sie?«

»Irgend etwas von einer hochgestellten Persönlichkeit, die kommt. Ich habe es nicht begriffen. Sie sprachen sofort Welsh, als sie mich sahen. Eine Art Jubiläum? Oder ein Fest. Eine Maikönigin oder so etwas. Ich weiß es nicht.«

Sie liefen im Schatten des Bryn an der Auffahrt entlang. Alison saß in einem Liegestuhl auf dem Rasen und las ein Buch.

»He, Ali«, sagte Roger, »hat das mit den Tellern geklappt?«

Alisons Augen waren verborgen hinter den schwarzen Scheiben der Sonnenbrille.

»Was denn für Teller?« fragte sie.

8

»Komm, leg mal 'ne andere Platte auf, Ali«, sagte Roger.

»Von was redet ihr denn?«

»Hah«, sagte Roger. »Hah. Hah. Hah. Ist das besser?«

»Ja, danke, Roger«, sagte Alison und verkroch sich wieder hinter ihr Buch.

»Wo sind die Teller?« wollte Gwyn wissen.

»Was denn für Teller?« fragte Alison, ohne von ihrem Buch aufzusehen.

»Komm, stell dich nicht so an.«

»Wieso stell ich mich an? Darf ich jetzt mein Buch weiterlesen, bitte?«

»Wo hast du die Teller hingetan, du doofe Nuß?«

»Bitte«, sagte Alison, »du bist jetzt nicht daheim.«

»Komm mir nur nicht so, Mädchen!«

»Und sprich du nicht so mit mir. Es wird dir noch leid tun.«

»Wer soll mir denn was tun? Du etwa? Du oder wer sonst? Wir müssen die Teller haben. Sie sind geladen!«

»Gib ihm einen Lutscher, bitte, Roger«, sagte Alison. »Er ist genau wie seine Mutter.«

Gwyn holte mit dem Fuß aus und schlug Alison das Buch aus der Hand. Es landete verbogen irgendwo im Gras.

Keiner bewegte sich. Es herrschte Schweigen. Dann

sagte Alison: »Du hättest das nicht tun sollen.« Ihre Fingergelenke sahen weiß aus an der Kante des Liegestuhls. Sie streckte ihren Hals vor.

»Du hättest das nicht tun sollen.«

Gwyn sah sein Spiegelbild in den Gläsern ihrer Sonnenbrille, und am Rand der Linsen flatterte etwas wie ein verwundeter Vogel.

Er wandte seinen Kopf. Es war das Buch. Es kam durch die Luft auf ihn zu. Die Seiten knatterten, herausgerissen, aber sie kamen auf ihn zu, wie ein Schwanz hinter dem roten Einband. Gwyn ließ die Mehlbeutel fallen und schützte sein Gesicht, als das Buch um ihn herumwirbelte.

»Nein!« schrie er.

Kies von der Auffahrt schlug ihm gegen Hände und Ohren.

»Halt!«

Gwyn rannte.

Ein Klumpen Gras prasselte auf seinen Rücken, naß und sauer, Tannenzapfen wurden über seinem Kopf ausgeschüttet. Er rannte quer hinüber zum Wald. Jetzt war es kein Gras mehr, sondern Zweige, Blätter, Kiesel und tote Äste von den Bäumen wirbelten auf ihn zu. Ein Mehlbeutel barst, und der andere traf ihn, aber er rannte weiter zum Fluß, bis da nur noch die sperrigen Zweige waren, die auf ihn einpeitschten, während er sich hindurchmühte.

Ein paar Kiesel schlugen in den Dreck am Grenzzaun, wo Gwyn hing, seufzend gegen den Draht gelehnt. Er schaute über die Schulter, nein, niemand war ihm gefolgt, und da war auch nichts außer dem Wald. Auf der anderen Seite des Zaunes lagen der Fluß und das Gebirge. Er war bis über die Schuhe im Sumpf eingesunken.

Der Wald lag still. Die Luft war voller Insekten, Fliegen schwirrten heran, verschwanden und kamen wieder. Mädesüß wuchs in einem Nebel von Blumen, und die Sonne glitzerte auf den Fäden von Raupen, die dicht wie Regentropfen von den Bäumen hingen.

»Vorüber«, sagte Gwyn, »das wäre also bewiesen.«

Er stieß sich vom Zaun ab und lief aufwärts, weg vom Sumpf. Er blieb stehen bei zwei Spritzern Mehl. Von dort zog sich eine Spur von Abfällen bis zum Haus. Er rieb seinen Kopf, und Papier klebte an seiner Hand, Teile des Buches. Nicht nur, daß die Seiten herausgerissen worden waren, auch das Papier selbst war noch zerfetzt worden. Er versuchte einen der Fetzen zu lesen. Es gab keinen Sinn, aber er erkannte den Druck.

»Dicky Nignog!« rief Gwyn, »Dicky, flammender Nignog!« Er hob noch ein Stück vom Boden auf. Es war derselbe Druck aus demselben Buch. »Dick Nignog«, stöhnte er. Aber dann fiel sein Blick auf ein Wort, er sah genauer hin. Er las:

… ein Zauber, um ihm eine Frau aus Blumen zu machen‹, und er war unterdessen ein erwachsener Mann, und der stattlichste Junge, den ein Sterblicher je gesehen. Und dann nahmen sie die Blüten der Eiche und die Blüten von Ginster und die Blüten von Mädesüß, und daraus ließen sie das schönste und wohlgestaltetste Mädchen erstehen, das Sterbliche je gesehen …

»Land meiner zu Staub gewordenen Väter!« sagte Gwyn. Er hob noch mehr von den Fetzen auf, aber er konnte mit ihnen nichts anfangen. Er folgte der Spur zurück durch den Wald, sammelte die Stücke auf und schließlich paßten sie zusammen:

… nimm die Gestalt eines Vogels an. Und weil du Lleu Gyffes Unehre angetan hast, sollst du nie … wer immer dich fin-

det; und du sollst deinen Namen nie verlieren, sondern sollst auf ewig genannt werden Blodeuwedd.«

Blodeuwedd bedeutet in der Sprache unserer Tage ›Eule‹. Und deswegen sind alle Vögel der Eule feindlich gesinnt. Und die Eule heißt immer noch Blodeuwedd …

»Dicky Nignog«, sagte Gwyn, »Dicky, Dicky Nignog.« Als Gwyn das Haus erreichte, räumten Alison und Roger auf dem Rasen auf.

»Hast du den Einband von dem Buch?« fragte Gwyn.

»Du findest ihn beim Liegestuhl«, sagte Alison.

Gwyn schlug den Umschlag auf. »Dicky Nignog«, sagte er.

»Wer?«

Gwyn deutete auf das Buchschild, das innen im Umschlag angeklebt war. Ex Libris R. St. J. Wilhams, Llangynog. »Dicky Nignog«, sagte Gwyn, »unser Englisch-Lehrer in Aber. Er klebt solche Schildchen überall rein. Er ist ein wahnwitziger Buchfetischist. Wäscht sich die Hände vor dem Lesen. Es hat ihn schon fast umgebracht, es mir zu leihen, aber er sagte, ich müsse es lesen, und alle Büchereiexemplare waren ausgeliehen. Er wird mit Sicherheit in die Luft gehen.«

»Tut mir leid«, sagte Alison.

»Da war nichts zu machen«, sagte Gwyn. »Sieht aus wie bei einer Hochzeit. Für Konfetti sorgte R. St. J. Williams, Esquire, B. A.«

»Oh, Gwyn, es tut mir leid.«

»Wie war es nun? Du hast es gelesen, nicht wahr?«

»Teile. Es waren kurze Geschichten. Ganz nett, wenn du die Art von Zeug magst … Zauberer und überall Blut.«

»Rühr nicht an unser nationales Erbe, Mädchen. Diese alten Geschichten sind alles, was wir haben.«

»Wie heißt der Stein doch gleich wieder«, rief Roger, »der unten am Fluß?«

»Der Stein des Gronw«, sagte Gwyn.

»Ist das der hier?« fragte Roger. Er hielt einen weiteren Fetzen Papier in der Hand.

... an Lleu, »Herr », sagte er, »da es durch die Tücke eines Weibes geschah, was ich dir angetan, so bitte ich dich in Gottes Namen: einen Stein seh ich dort am Flußufer. Laß den mich stellen zwischen dich und deinen Wurf.« »Wahrlich«, sprach Lleu, »dies will ich dir nicht verwehren.«

»Nun«, sagte er, »das vergelte dir Gott.« Und dann nahm Gronw den Stein und setzte ihn zwischen sich und den Wurf. Und als Lleu mit dem Speer nach ihm zielte, durchschlug dieser den Stein und fuhr durch ihn hindurch, so daß es ihm das Rückgrat brach ...«

»Das las ich gerade«, sagte Alison.

»Die ganze Geschichte?« fragte Gwyn.

»Ich denke, ja.«

»Hier, schau dir das an. Gehört das auch zu dieser Geschichte?«

Alison las die anderen Fetzen.

»Ja, das gehört dazu.«

»Um was geht es da? Was geschieht?« fragte Gwyn.

»Warte mal«, sagte Alison, »da war dieser Zauberer oder so was ähnliches, ich habe seinen Namen vergessen, und er machte eine Frau aus Blumen, und sie heiratete Klu Klau Irgendwen.«

»Lleu Llaw Gyffes«, sagte Gwyn.

»Ja, nun und dann verliebte sie sich in einen Mann, der hieß Gronw: Gronw Pebyr. Und er beschloß, diesen Klu zu töten.«

»Lleu.«

»Klu.«

»Ist ja egal«, sagte Gwyn, »weiter.«

»Dann kam eine komplizierte Stelle: alles Zauber«, sagte Alison. »Aber Gronw warf einen Speer von einem Hügel aus, als Klu am Fluß stand, und tötete ihn. Aber Klu war gar nicht richtig tot. Er verwandelte sich in einen Adler, und der Zauberer fand ihn und verwandelte ihn wieder in einen Menschen. Der Zauberer war sein Vater oder sein Onkel. Da bin ich mir nicht ganz sicher. Dann tauschten Klu und Gronw die Plätze. Diesmal warf Klu den Speer, und Gronw wurde getötet. Das ist das Ende der Geschichte.«

»Es gibt einen Stein hier am Fluß, der Stein des Gronw genannt wird«, sagte Gwyn, »und das Loch ist auch darin.«

»Was bedeutet, wir befinden uns hier genau an der Stelle, wo sich all dieser Ku-Klux-Klan-Spuk ereignet hat, wie Professor Halfbacon behauptet«, sagte Roger, »sehr interessant.«

»Die Teller«, sagte Gwyn, »was geschah mit der Frau?«

»O ja«, erklärte Alison, »der Zauberer sagte, er werde sie nicht töten. Er werde ihr etwas viel Schlimmeres antun. Also verwandelte er sie in eine Eule.«

»Ich weiß, was sie darauf sagte«, sagte Roger.

»Was denn?«

»Ich habe keinen Klu … hu, hu!«

»Mann«, sagte Gwyn. »Du bist so albern wie die Knaben in *Clockwork Orange*.«

9

»Es war das beste, was ich auftreiben konnte«, erklärte Clive. »Der Drogist sagte, er habe nur das normale Touristen-Zeug. Er hatte auch kein Entwickler-Zubehör. Er sagte, der Film sei gut.«

»Ja«, sagte Roger, »es ist derselbe, den ich in der Kamera habe. Macht nichts. Es wird schon gehen. Danke, Dad.«

»Tut mir leid, wenn's ein Reinfall ist«, sagte Clive.

»Nein. Es sollte sich machen lassen. Nur, diese Filme geben keine so guten Vergrößerungen wie der, den ich haben wollte. Sie sind ein bißchen körnig.«

»Versuchst du es jetzt?«

»Ich geh runter zum Fluß, solange noch genügend Licht ist.«

»Vielleicht seh ich dich da«, sagte Clive. »Ich würde mich gern noch eine Stunde hinlegen. Margaret ruht sich auch ein bißchen aus. Übrigens, ist Ali irgendwo hier draußen?«

»Wahrscheinlich«, sagte Roger, »zum letzten Mal habe ich sie vor dem Tee gesehen. Soll ich sie rufen?«

»Nichts Wichtiges«, sagte Clive, »das hat Zeit bis später. Ich habe etwas gefunden für sie, als wir einkaufen waren.«

Clive holte eine kleine Schachtel aus seiner Tasche und öffnete sie. Muschelschalen von verschiedener

Größe waren zusammengeleimt, bemalt und so angeordnet, daß sich eine Eule ergab.

»Hab's in einem Laden erstanden, der sich Kelticraft nennt«, sagte er, »dachte mir, sie würde vielleicht Spaß daran haben … sie hat doch ein paar von diesen Burschen gestern abend ausgeschnitten, du erinnerst dich, und als ich das sah, dachte ich mir: Das wäre was für Ali. Schau mal, auf der Rückseite steht da noch irgend so ein Kauderwelsch: ›Grüße aus dem Land der Lieder‹ be-deutet es. Die junge Frau im Laden hat es mir übersetzt. Ob es ihr wohl gefällt?«

»Jedenfalls ist sie ganz verrückt auf Eulen«, sagte Roger.

Er holte sein Stativ, die Kamera und den Belichtungsmesser und ging dann die vordere Auffahrt entlang. Die Fahrbahn verlief in einer Kurve an dem Hof mit den Stallungen vorbei, und ein Tor in der Mauer führte zu der Rückseite der Ställe, einer feuchten Stelle unter den Bäumen, an der Huw Halfbacon Holz hackte. Das Unkraut aus dem Garten wurde dort verbrannt, neben einem Wellblech-Schuppen, der von dem Unrat zusammengehalten wurde, den abzudecken er bestimmt war. Es war Huws Materiallager, alles was bei Reparaturarbeiten übrig blieb, wurde dort verwahrt, und im Laufe der Jahre war es zu einem Gewirr von Pilzen und verrostetem Eisen geworden, was Gwyn aber nicht davon abhielt, in diesem Haufen herumzusuchen.

Roger lehnte sich an das Tor.

»Macht's Spaß?« fragte er.

»Sie hat sie irgendwo versteckt«, sagte Gwyn.

»Aber doch wahrscheinlich nicht dort, oder?« bezweifelte Roger.

»Überall wo es wahrscheinlich ist, habe ich schon nachgesehen«, sagte Gwyn. »Wirklich: vom Dach bis in den Keller, in den Treibhäusern, Stallungen, in der

Garage. Jetzt seh ich mir mal die unwahrscheinlichen Orte an.« Roger stieg über den Zaun und lief zu Gwyn hinüber.

»Immerhin ist es ein ganzes Service, und das braucht doch Platz. Du siehst doch, daß diesen Misthaufen hier niemand angerührt hat. Hast du schon mal über den Ställen nachgesehen?«

Es gab drei Zimmer über den Ställen, und da das Stallgebäude in einen Hügel hineingebaut worden war, hatten die hinteren der oberen Räume Zugänge von ebener Erde aus. Einer dieser Räume wurde für Tischtennis benutzt, und in den beiden anderen war Roger nie gewesen.

»Ich habe in den großen Raum reingeschaut«, sagte Gwyn. »Huw wohnt nebenan, und er hat den einzigen Schlüssel. Die anderen haben Vorhängeschlösser, und keiner der Schlüssel im Haus paßt. Ich habe es versucht.«

»Das gibt's doch nicht«, sagte Roger, »laß mal sehen.«

Es war ein schweres Yale-Messingschloß. Er bekam keinen Schlüssel hinein.

»Das kriegst du nicht auf«, sagte Gwyn.

Roger legte sein Ohr an die Tür. Sie horchten beide.

»Drinnen bewegt sich was«, flüsterte Roger.

»Bist du das, Alison?« sagte Gwyn.

Keine Antwort.

»Was hörst du?« fragte Roger.

»Ein Rascheln«, sagte Gwyn, »keine Schritte.«

»Wie könnte sie da hereinkommen?«

»Vielleicht gibt es eine Verbindungstür von Huws Wohnung. Aber dort ist abgeschlossen.«

»Ali«, rief Roger, »Ali, jetzt mach doch keinen Mist.«

»Vielleicht kommt man unten vom Stall her hinein«, meinte Gwyn.

Sie gingen nachsehen, fanden aber nichts. Die gedämpften Geräusche über ihren Köpfen waren aber weiterhin zu hören.

»Ich versuch es durchs Fenster«, sagte Roger, »hilf mir mal mit der Leiter.«

Sie lehnten die Leiter gegen die Mauer im Hof, und Roger kletterte hoch, während Gwyn auf der untersten Sprosse stehenblieb. »Ich kann nicht viel sehen«, sagte Roger. »Über dem Glas innen sind Spinnweben. Gegenüber ist eine Tür, und etwas Viereckiges steht da, nicht sehr groß, eine Lattenkiste, glaube ich. Und dann noch was Schwarzes in einer Ecke, aber das kann ich nicht genau erkennen. Es ist ein Abstellraum, das ist alles ... da ist niemand.«

»Es könnten welke Blätter gewesen sein, die der Luftzug bewegt hat«, sagte Gwyn. »Es lagen viele an der Tür.«

»Wo hast du gesucht?« fragte Roger, als sie die Leiter in den Stall zurücktrugen.

»Ich sagte dir ja ... im ganzen Haus drinnen und draußen, selbst in den Hundehütten. Die sind voller Hühnerdraht.«

»Ich geh jetzt meine Aufnahmen machen am Stein«, sagte Roger. »Kommst du mit?«

»Was ist denn mit Alison?«

»Zum Abendessen, in einer halben Stunde, muß sie zurücksein«, sagte Roger, »und wenn sie sich nicht in der Nähe des Hauses herumtreibt, vielleicht treffen wir sie am Fluß.«

»Aber begreifst du denn nicht?« drängte Gwyn.

»Doch«, sagte Roger, »ich habe mir bewußt nichts anmerken lassen. Viel mehr als das, was heute nachmittag geschehen ist, verträgt sie nicht. Sie war totenblaß.«

»Was hältst du davon?« fragte Gwyn. »Was ist es?«

»Ich weiß nicht«, sagte Roger, »ich wußte schon nicht,

was ich denken sollte, als ich das Spektakel in ihrem Schlafzimmer gestern nacht hörte. Und dann die andere Sache, als ich meinte, diesen Schrei zu hören … vielleicht ist ihr zu heiß, habe ich gedacht. Aber gestern nacht, das hat mir gereicht.«

»Und dann heute nachmittag«, erinnerte Gwyn, »auf dem Rasen?«

»Eine verrückte Bö?« sagte Roger.

»O Mann …!«

»Schon gut.«

»Und die Teller, auf denen plötzlich nichts mehr zu sehen ist?«

»Die Glasur …«

»Die Teller, die durch die Luft fliegen, das Billardzimmer? Das Gewölle in der Falle? Die Eulen? Die Blumen? Das Mabinogion?«

»Das Was zum Teufel?« fragte Roger.

»Dieses Buch«, sagte Gwyn, »es heißt Mabinogion: die klar fließende Quelle des keltischen Genius. So nennt es Dicky Nignog. Ich habe immer gemeint, es sei ein Haufen alten Plunders.«

»Sagt mir nicht viel«, erwiderte Roger. »Was steht drin? Walisische Mythen?«

»So in etwa«, sagte Gwyn, »ich wünschte, ich hätte besser aufgepaßt.«

»Das ist der Stein hier«, sagte Roger, »das Loch verläuft geradewegs hindurch.«

»Und Mädesüß wächst um ihn herum«, sagte Gwyn; »du sagst, durch das Loch sieht man genau die Bäume auf dem Bryn? Nun, das stimmt auch!«

»Woher weißt du, daß dies der Stein ist, wenn du ihn noch nie zuvor gesehen hast?« fragte Roger.

»Ich kenne jede Kuhklappe in diesem Tal«, sagte Gwyn, »ich weiß, wo man sich bei Schneesturm nach den Schafen umsehen muß. Ich weiß, wer die Brücke nach Foothill Farm gebaut hat. Ich weiß, warum Mrs. May nicht auf die Post geht. Ich weiß, wo man die Tafeln findet, die die Straße über das Gebirge markieren, wenn man vom Nebel überrascht wird. Ich weiß, wohin sich die Füchse verkriechen, wenn sie gejagt werden. Ich weiß sogar, was Mrs. Harvey weiß! ... Ich bin zum ersten Mal letzte Woche hierhergekommen! Da mußt du lachen, nicht wahr? Meine Mam haßt den Ort, aber sie kommt nicht davon los, verstehst du? Es kommt mir so vor, als habe mir Mam jeden Abend in dem Hinterzimmer in Aber erzählt, was in diesem Tal vor sich geht. Sie fing hier in der Küche an, als sie zwölf war. Sie hatten viel Personal in jenen Tagen, nicht nur Huw, um das Unkraut zu jäten.«

»Aber wo sind sie dann alle hin?« erkundigte sich Roger. »Die meisten Häuser im Tal scheinen doch leerzustehen.«

»Wer vermietet denn an unsereinen, wenn die Frackhemden aus Birmingham acht Pfund die Woche hinblättern, nur um damit angeben zu können, daß sie eine Hütte in Wales haben?«

»Möchtest du hier leben?«

»Die sollten mich mal ins Parlament wählen. Die kriegten was zu hören von mir«, sagte Gwyn. Er saß auf dem Stein. »Du hast recht«, sagte er, »es ist eine weite Distanz für einen Speer. Aber du hast es ja gehört. Es hieß doch: *Und dann schrie er auf.* «

»Das zählt nicht für mich. Ich halte mich nur an das, was ich letzte Nacht gehört habe«, sagte Roger.

»Und auf dem Rasen heute nachmittag?«

»Glaubst du etwa, es spukt?«

»Geister fressen keine Mäuse«, sagte Gwyn. »Wer immer die Maus zerbissen hat, könnte mich oder dich auch zerbeißen.«

»Ich gebe auf«, sagte Roger, »aber wenn das so weitergeht, mache ich mich davon.«

»Wie willst du denn das drehen?« sagte Gwyn.

»Mit Dad läßt sich schon reden, wenn man weiß, wie.«

»Und die neue Mrs. Bradley?« fragte Gwyn. »So eine Art Hochzeitsreise mit Familie, nicht wahr?«

»Kümmere du dich um deine Angelegenheiten«, sagte Roger. Er spießte das Stativ in den Boden und setzte die Kamera auf.

»Was war eigentlich mit deiner richtigen Mam?« sagte Gwyn.

»Ich habe dir schon einmal gesagt: Kümmere dich um deine eigenen Angelegenheiten.«

»Ist sie auch hier irgendwo?«

Roger schaute über den Apparat zu Gwyn hin.

»Mach nur so weiter«, sagte er, »wenn du dein großes Maul noch einmal aufreißt, kleb ich dir eine.«

»In Ordnung«, sagte Gwyn.

»Gut.«

Gwyn konzentrierte sich darauf, seine Initialen in den Stein einzukratzen, und Roger beugte sich vor, um den Belichtungsmesser abzulesen und die Kamera entsprechend einzustellen.

»Kein Spuk«, sagte Gwyn nach einer Weile, »mehr so … als ob es immer noch geschieht?«

»Ein Zehntel bei 16«, sagte Roger und fragte dann: »Was hast du gesagt?«

»Gwydion. Einer der Drei Goldenen Schuhmacher der Insel Britannien. Das ist er.«

»Was redest du da?« fragte Roger.

»Er war der Zauberer, der die Frau aus Blumen für Lleu Llaw Gyffes gemacht hat. Es fällt mir jetzt wieder ein. Wir mußten es in der Schule vor ein paar Jahren lesen. Gwydion schuf Blodeuwedd für Lleu, und sie verliebte sich in Gronw Pebyr …«

»Genau das hat Alison ja gesagt.«

»Und Gronw tötete Lleu hier an dieser Stelle, dann tötete Lleu Gronw, und Blodeuwedd wurde in eine Eule verwandelt ...«

»Das Problem ist, die Kamera auf eine Höhe mit dem Loch zu bringen, so daß man die Bäume sehen kann«, sagte Roger, »aber du brauchst mindestens sieben Fuß Abstand oder du bekommst den Stein und die Bäume nicht zusammen ins Bild. Ich möchte gern die Felsstruktur als Umrahmung für die Bäume in der Ferne haben. Das gäbe eine interessante Komposition.«

»Überleg doch mal, Mann«, sagte Gwyn. »Eine Frau aus Blumen gemacht und dann in eine Eule verwandelt. Die Teller, Mann! Es ist alles da, wenn man es sich genau überlegt!« Er sprang herunter und lief zum Haus hin.

»Wo willst du denn hin?« rief Roger.

»Huw, die Speckseite! ›Paß auf, wie du sie anschaust.‹ Er weiß was. Der Bursche!«

Roger ging zu seiner Kamera zurück. Das Licht nahm rasch ab. Er entschloß sich, die letzten Bilder des Films lange zu belichten. Er benutzte dazu den Selbstauslöser. Als er den Knopf drückte, surrte der Apparat mehrere Sekunden, dann klickte der Verschluß. Wirr und klick. Wirr und klick. Schatten schienen vom Fluß heraufzukommen. »Du machst Photos, was?«

Roger schrie vor Schreck auf. Huw Halfbacon stand hinter ihm. Er trug ein paar Äste über der Schulter, und Roger hatte ihn nicht am Flußufer entlang kommen gehört.

»Was fällt Ihnen denn ein, sich hier so heranzuschleichen? Sie hätten mir den Apparat umreißen können.«

»Ich hab nur ein paar Stöcke geholt«, sagte Huw, »zum Feuern. Ja.«

»Und warum holen Sie das Holz nicht aus dem Wald?« fragte Roger. »Da liegen doch genug tote Äste rum.«

»Da gehen wir nicht hin«, sagte Huw.

»Warum nicht?«

»Privat.«

»Privat? Stellen Sie sich nicht so dumm. Das soll nur die Wanderer abhalten, nicht Sie.«

»Es gehört einer Familie privat, und deswegen gehen wir nicht in den Wald«, sagte Huw. »Das ist alles.«

Er warf seine Last zu Boden und kauerte sich daneben auf ein Knie. »Sie haben den Stein des Gronw photographiert?«

»Nein«, sagte Roger. »Das Albert-Memorial.«

»Das ist raffiniert«, sagte Huw.

Wirr Klick.

»Haben Sie was dagegen?« fragte Roger erbost. »Ich versuche fertig zu werden, ehe es dunkel ist. Gwyn sucht Sie.«

Huw begann an seiner kalten Pfeife zu saugen, und schüttete die Asche aus.

»Ist ein alter Stein«, sagte er. »Der Stein des Gronw.«

»Ich sagte, Gwyn sucht nach Ihnen ...«

»Kein schlechter Kerl«, sagte Huw, »er ist auch nicht allein schuld. Sie hat ihn drangekriegt, eines anderen Mannes Frau.«

»Wohl die, von der man sagt, sie sei aus Blumen gemacht worden«, sagte Roger.

»Ja?« sagte Huw, »Blodeuwedd? Sie kennen sie? Haben Sie Raben-Wissen? Ja, sie hat ihn drangekriegt, den vornehmen Herrn: Gronw Pebyr, Herr von Penllyn.«

»Sprecht ihr Leute hier eigentlich auch noch mal über was anderes?« fragte Roger. »Sonst ist hier im Tal wohl nie was passiert.«

Wirr.

»Das ist richtig«, sagte Huw.

Klick.

»Fertig!« stellte Roger fest.

»Lleu war ein harter Herr«, sagte Huw, »er hat Gronw getötet: ohne Wut, ohne Liebe, ohne Gnade. Er war zu sehr verletzt ... von der Frau und von dem Speer. Aber was bleibt, wenn es dann geschehen ist? Kein Stolz. Keine Frau. Kein Freund.«

Roger starrte Huw an: »Sie sind auch nicht so grün wie das Gras, das an Ihrem Hemd hängt, was? Jetzt, da Sie es erwähnt haben, habe ich auch mal etwas genauer darüber nachgedacht ... Dieser Gronw war der einzige, der am Ende wirklich Mumm hatte.«

»Aber keiner von ihnen ist zu tadeln«, sagte Huw, »nur eben, als sie zusammenkamen, haben sie sich gegenseitig zerstört.«

»Es war vielleicht eine arme Frau«, sagte Roger, »aber wie Sie das hinstellen ...!«

»Nein«, sagte Huw, »sie war für ihren Herrn gemacht worden. Keiner hat sie gefragt, ob sie ihn mag. Ist 'ne bittere Sache, an jemanden gebunden zu sein, den man nicht gern hat. Ich denke mir, sie muß sich oft nach der Zeit zurückgesehnt haben, als sie noch eine Blume oben im Gebirge war ... Blumen. Und das hat sie grausam werden lassen, so wie sich die Rose Dornen wachsen läßt.«

»Junge, Junge, Sie denken wohl an überhaupt nichts anderes mehr?« erkundigte sich Roger. »Und mich haben Sie auch schon angesteckt. Ich bin erst eine Woche hier und schon mittendrin. Es gibt aber auch noch eine Welt außerhalb dieses Tales, verstehen Sie. Und dort sieht es anders aus als auf alten Landkarten, wo Cherubinen in die Posaunen stoßen und ein Wal an der linken oberen Ecke auftaucht.«

»Ich bin schon mal aus dem Tal rausgekommen«, sagte Huw. »Einmal. Deswegen heiße ich doch auch Huw, die Speckseite.«

»Ich seh den Zusammenhang nicht«, sagte Roger. Er legte das Stativ zusammen und hängte sich die Kamera um. »Ich muß jetzt gehen«, fuhr er fort, »sonst komm ich zu spät zum Essen.«

»Ich komme mit rauf zum Haus«, sagte Huw, »dann kann ich's Ihnen erzählen.«

»Na schön«, sagte Roger, »gekauft. Warum also heißen Sie Halfbacon?«

»Wir waren immer knapp dran mit Fleisch hier im Tal in der alten Zeit«, sagte Huw. »Da gab es einen Mann im nächsten Tal. Er hatte ein paar Schweine. Aber er wollte keinem eines abgeben.«

»So, und was haben Sie da gemacht?«

»Ich geh also zu ihm und frag ihn, ob er mir nicht Schweine abläßt, im Tausch gegen das, was ich ihm gebe.«

»Klingt vernünftig«, sagte Roger, »und … war er einverstanden?«

»Ja.«

»Und Sie nahmen die Schweine, und so ist es zu Ihrem Spitznamen gekommen.«

»Ja.« Huw lachte. »Ich hab ihn herrlich drangekriegt.«

»Was haben Sie ihm denn für die Schweine gegeben?«

»Zwölf schöne Pferde«, sagte Huw, »mit goldenen Sätteln und goldenem Zaumzeug. Und zwölf rassige Windhunde mit goldenen Halsbändern und goldenen Leinen!« Huw stolperte, als er lachte.

»Und das für ein paar fette Schweine?« fragte Roger.

Huw schnatterte, zeigte seine Zähne und griff nach Rogers Arm, um sich abzustützen.

»Sie sind ja verrückt«, sagte Roger, »Sie sind verrückt. Sie sind tatsächlich verrückt.«

»Nein, nein«, sagte Huw. Er wischte sich seine Augen. »Ich habe ihn reingelegt!«

»Dann bin ich wahrscheinlich verrückt«, sagte Roger. »Verrückt, weil ich Ihnen zuhöre.«

»Nein, nein«, sagte Huw. »Verstehen Sie ... diese Windhunde, die Pferde, das Geschirr und alles – ich habe es alles aus Pilzen gemacht!«

10

Gegen Ende des Essens stellte Gwyn die Teller in die Durchreiche und ging ins Wohnzimmer, um dort das Feuer anzuzünden. Er spielte mit Papier und Zweigen herum und benutzte Birkenrinde zum Anfeuern. Dann legte er die Scheite in den Korb vor den Kamin. Er zündete die Lampen an. Er häufte mehr und mehr Holz auf das Feuer und achtete darauf, daß kein Rauch ins Zimmer drang. Roger und sein Vater kamen vom Eßzimmer herüber und ließen sich in den Sesseln nieder. Gwyn hängte die Lampe an den Kamin. Er ließ den Docht niedrig, damit sich das Glas erwärmte. Dann sammelte er wieder Scheite in den Korb und putzte die Feuerstelle. Er drehte die Lampen langsam auf, falls sie flackern würden. Er legte noch mehr Holz nach und füllte den Korb auf.

»Ich denke, wir sind jetzt versorgt«, sagte Clive, »vielen Dank.«

»Ist es mit den Lampen auch recht so, Mr. Bradley?« fragte Gwyn.

»Sieht gut aus«, sagte Clive.

»Ich sollte vielleicht noch mehr Holz reinholen.«

»Wir kommen schon zurecht«, sagte Clive, »ich würde mich jetzt trollen, wenn ich an deiner Stelle wäre.«

»Oh … ja …«

»Gute Nacht, Gwyn.«

»... Gute Nacht, Mr. Bradley.«

»Noch eine Kleinigkeit, mein Junge.«

»Ja, Mr. Bradley?«

»Falls du meiner Tochter etwas zu sagen hast, laß es uns alle hören, verstanden? Den Rosenkohl auf den Tisch, ohne daß sich plötzlich ein Zettel mit einer Nachricht darunter findet, eh?«

Gwyn blieb im Dunkeln am Fuß der Treppe zwischen dem Speise- und dem Wohnzimmer stehen. Er preßte seine Faust gegen die Wand und versuchte sich weh zu tun.

»Hat's geklappt mit den Bildern?« hörte er Clive durch die offene Tür sagen.

»Ich weiß nicht«, sagte Roger, »wird sich morgen rausstellen, wenn ich sie entwickle. Wenn sie was geworden sind, so trotz diesem Dummkopf von Halfbacon. Er hat mich die ganze Zeit belästigt. Ehrlich, Dad, da mußt du mal etwas unternehmen. Was ich dir sagen wollte ...«

»Ja, ich weiß«, sagte Clive, »aber er ist doch harmlos.«

»Wirklich?« überlegte Roger, »er ist stark wie ein Ochse. Und er spinnt tatsächlich.«

»Ja, aber er ist sein ganzes Leben über hier gewesen. Er kennt sich mit allem aus. Wo würden wir denn sonst jemanden für diese Arbeiten finden? Das Haus würde verkommen.«

»Ich würde da nicht lange fackeln«, meinte Roger.

»Und dann auch Margaret«, sagte Clive, »sie hätte nicht viel von den Ferien, wenn wir uns nach einem neuen Mann umsehen müßten.«

»Freilich«, sagte Roger, »Margaret habe ich ganz vergessen.«

Gwyn trat in den Schatten zurück, als jemand die Treppe herunterkam. Es war Alison. Sie trug eine kleine

Lampe, und als sie am Fuß der Treppe ankam, trat Gwyn hervor, damit sie ihn sähe. Er winkte gegen das Speisezimmer hin. Alison zögerte. Sie sah auf die offene Wohnzimmertür. Clive und Roger unterhielten sich immer noch. Sie blickte Gwyn an und schaute wieder zur Türschwelle. Dann ging sie ganz dicht an Gwyn vorbei ins Wohnzimmer. Sie schloß die Tür hinter sich.

»Hallo, altes Haus«, sagte Clive. Er stand auf, als Alison hereinkam. »Na, wo hab ich es denn? Aha. Hier ist die Kleinigkeit, die ich in der Stadt heute für dich gefunden habe. Dachte mir, das könnte der Dame Spaß machen. Und ich habe dir auch Pauspapier mitgebracht.«

»O Clive, wie hübsch«, sagte Alison. Sie nahm die Schachtel. »Du bist ein Schatz.«

Gwyn lief durch das Eßzimmer, durch den Lampenraum bis in die Küche und blieb erst stehen, als er gegen das Spülbecken stieß. Ruhig stand er dort. Dann drehte er die Hähne auf, legte die Hände flach auf den Abfluß und beobachtete wie das Wasser stieg. Er schüttete etwas Abwaschmittel ins Spülbecken, nahm ein schmutziges Weinglas von dem Brett, auf das man das Geschirr zum Abtropfen stellte und begann es langsam und sorgfältig auszuwaschen. Dann trocknete er es ab und stellte es weg. Er hatte die ganze Zeit kaum irgendein Geräusch verursacht, und erst als er das Handtuch zum Trocknen aufhängte, sah er, daß seine Mutter am Ofen saß.

Sie saß auf einem Küchenstuhl und starrte auf die geschlossene Ofentür. Eine Hand bog sich verkrampft um die Stange für die Handtücher, so als wolle sie sie herausdrehen, aber ihre Finger glitten an dem hellen Stahl ab.

»Hallo, Mam«, sagte Gwyn, »hab dich gar nicht gesehen. Soll ich noch eine Lampe anzünden?«

»Nein, Junge«, sagte Nancy, »laß nur.«

»Nicht wie vor unserem Feuer in Aber«, sagte Gwyn, »nicht wahr, Mam?«

»Ich hätte nie herkommen sollen«, sagte Nancy, »ich hätte nicht kommen sollen. Es tut nicht gut. Man darf nie zurückkommen, Junge. Nie.«

»Was ist denn, Mam? Hast du Kopfweh?« fragte Gwyn.

Er konnte ihre Augen nicht sehen, aber er hörte am Geräusch ihres Atems, daß sie den Tränen nahe war.

»Wenn es Gerechtigkeit gäbe im Himmel«, sagte Nancy.

Gwyn legte seinen Arm um die Schulter seiner Mutter. »Was ist denn nur los, Mam?«

»Ich hätte nicht herkommen sollen.«

»Aber warum sind wir dann gekommen?« fragte Gwyn. »Wie haben sie überhaupt unsere Adresse herausgefunden?«

»Er hat sie ihnen gegeben. Dann schrieben sie.«

»Wir hätten doch trotzdem nicht kommen müssen.«

»Es war gutes Geld, Junge«, sagte Nancy, »aber ich hätte einfach nicht auf ihr schönes Gerede hören sollen.«

»Wer hatte unsere Adresse?« fragte Gwyn.

»Dieser Idiot da draußen.«

»Huw? Wieso er denn?«

Nancys Hand arbeitete an der Stange.

»Mam«, sagte Gwyn, »hör mal, Mam. Wir müssen darüber sprechen.«

»Es gibt nichts darüber zu sprechen.«

»Doch. Hör mir doch mal zu, Mam. Bitte.«

»Ich habe dir gesagt, du sollst dich nicht mit ihm einlassen ... Ich will es nicht.«

»Mam, hör doch bloß ... bitte Mam!«

Nancy schwieg.

»Du hast mir soviel über das Tal erzählt«, sagte Gwyn, »es war wie Heimkommen. Mein ganzes Leben habe ich das hier besser gekannt als Aber. Mam, ich habe gewußt, wer die Leute sind, ohne sie je zuvor gesehen zu haben. So gut hast du sie mir beschrieben. Aber warum hast du mir nie etwas von Huw Halfbacon gesagt?«

»Er zählt nicht«, sagte Nancy.

»O doch«, sagte Gwyn, »die Leute im Tal halten ihn durchaus nicht für einen Narren. Er ist wichtig. Warum hast du mir das nicht gesagt?«

»Wo hast du denn das alles her«, fragte Nancy, »du hörst dich hinter meinem Rücken um, nicht wahr?«

»Nein, Mam«, sagte Gwyn.

»Du stehst auf ihrer Seite, nicht wahr«, fuhr Nancy fort, »wenn sie gegen mich hetzen!«

»Mam!«

Gwyn stand am Küchentisch. Nancy saß auf dem Stuhl. Sie hatte den Blick nicht von der Tür gewandt, seit Gwyn das erste Mal mit ihr gesprochen hatte, aber nun hielt sie sich mit beiden Händen an der Stange fest.

»Mam. Ich muß über Huw Bescheid wissen. Und über die Teller.«

»Ich sag dir, Junge«, antwortete sie mit gesenkter Stimme, »noch ein Wort zu diesem Narren, ein Wort darüber zu mir oder irgend jemandem sonst, und ich verlasse auf der Stelle dieses Haus und nehme dich von der Schule. Ich sag nur das: Du kannst dann im Co-Op hinter der Ladentheke anfangen.«

»Das kannst du doch nicht machen«, sagte Gwyn.

»Ich sag's dir, Junge.«

»Das machst du nicht.«

»Es ist schlimm genug, vor denen hier zu buckeln und den Kratzfuß machen zu müssen«, sagte Nancy. »Aber mich von meinem eigenen Fleisch und Blut auch noch erniedrigen zu lassen: Das ertrage ich nicht. Ich habe nicht die ganzen Jahre in Aber wie eine Sklavin gelebt, damit du dann auf mich runterschaust wie einer von ihnen.«

»Ich bin eine Prämienanleihe auf zwei Beinen, oder?« sagte Gwyn.

Nancy ging an den Küchenschrank. Sie kramte in einem der Regale.

»Und ich sag dir, Junge … wo willst du denn jetzt hin?«

»Ins Bett. Gute Nacht.«

»Wo ist das Aspirin?« fragte Nancy. »Mich zerreißt's im Kopp.«

»Das heißt: ich habe Kopfschmerzen. Eine Ausdrucksweise hast du manchmal, Mam. Zum Kotzen. Wenn du Aspirin suchst, dann schau mal in deine Geldbörse.«

11

Durch die Küche kann sie nicht gegangen sein, weil Mam sich eingeriegelt hat. Vorn ist sie auch nicht raus, weil sie dort zwei Türen aufschließen müßte. Also die Garderobe ... Recht, Mädchen. Keine Eile. Gwyn stand in dem aufgeschütteten Teil des Gartens, von wo aus man die Garderobe im Auge hatte. Er lehnte sich gegen einen Baum nahe der Hecke, dort, wo die Straße am nächsten an das Haus herankam; sie verlief dort eine kurze Strecke auf einer Ebene mit dem Dach, um sich dann zum Bryn hinaufzuschlängeln. Er hatte da an die zwei Stunden gestanden und sich nicht gerührt.

Du mußt durch diese Tür kommen, und die einzige Möglichkeit, dich zu erwischen, ist, zu warten, aufzupassen, und keiner hätte die Geduld, hier zu stehen und das zu tun, nicht wahr?

Verdammt langweilig, altes Haus!

Zuerst hatte Gwyn gedacht, es wäre unmöglich. Die Dunkelheit lastete auf ihm, ohne daß der Druck je nachgelassen hätte. Er hätte sich gern bewegt, nur ein paar Schritte und zurück: irgend etwas tun, um die Zeit herumzukriegen. Er hatte sich gegen den Stamm gelehnt, und allmählich sah er in der Nacht Wolken und Gebirge und Bäume, Fluß, Wind, und dann war da auch noch das Geräusch von den Blättern und im Gras.

Ein Wiesel schlug ein Tier, aber er bewegte sich nicht. Der Mond schien.

Und Gwyn begann mit der Zeit zu spielen, aus Sekunden Minuten zu machen und dann Stunden … oder er nahm eine Stunde und preßte sie in einen Augenblick zusammen. Keine Eile.

Seine Konzentration ließ einmal kurz nach, als er von einem raschen Trommeln wie von Hufen hochgeschreckt wurde, aber im nächsten Augenblick mußte er grinsen, weil es in Wirklichkeit ein Motorrad war, das die Straße entlangsauste. Der Scheinwerfer ließ Schatten in sein Gesicht springen. Jetzt hatte er geschaltet.

Lichter bewegten sich drinnen im Haus, als die Familie zu Bett ging. Zwei Lichter kamen zur Ruhe, ein Zimmer über dem anderen. Roger und Alison. In Alisons Zimmer wurde es zuerst dunkel …

Nur nicht ungeduldig werden, Mädchen.

Aber Gwyn schätzte sie falsch ein. Er sah die Vorhänge sich teilen, und verschwommen tauchte ihr Gesicht auf. Sie saß auf dem Fensterbrett. Gwyn wäre am liebsten in den Baumstamm hineinversunken. Er spürte, daß er im Licht stand. Aber Alison beobachtete die Spiegelung von Rogers Licht in dem steilen Garten, und als er die Lampe ausblies, ging sie vom Fenster fort.

Nun wollen wir mal sehen, wie gut du in Wirklichkeit bist, dachte Gwyn, und er begann zu zählen. Es verging wenigstens eine Stunde, sofern er richtig geschätzt hatte, ehe er Alisons Taschenlampe im Schlafzimmer aufblitzen sah.

»Nicht schlecht«, sagte Gwyn, »gar nicht so schlecht.« Als Alison die Tür öffnete, stand Gwyn oberhalb von ihr bereit.

Sie ging an der Rückseite des Hauses entlang, am Billardzimmer vorbei. Gwyn hielt sich in der Nähe der Straße. Sie konnte jetzt zur hinteren Auffahrt gehen oder in den Wald. Sie trug Hosen, einen Anorak und Kletterstiefel mit Gummisohlen.

Er wagte es nicht, ihr nachzugehen, bis sie den Pfad erreicht hatte, der von den Hundehütten zur Auffahrt führte. Der Pfad verlief zwischen Büschen. Gwyn gab ihr zehn Sekunden, aber der Pfad blieb dunkel. Er machte sich nun auf den Weg, und als er an die Auffahrt kam, war Alison verschwunden.

Gwyn fluchte. Nichts von ihr zu sehen. Unter ihm erstreckte sich Wald auf sumpfigem Untergrund bis zum Fluß, und vor ihm lag die Auffahrt mit Bäumen auf beiden Seiten. Er lief das ganze Stück bis zum Straßentor, aber er fand nichts. Er rannte wieder zum Haus zurück. Wenn sie diesen Weg zur Vorderseite des Hauses genommen hatte, hätte er sie hören müssen, sobald sie den kiesbestreuten Teil der Auffahrt erreichte. Alison mußte im Wald sein. Gwyn hielt inne. Er schaute sich um und horchte wieder. Weit weg zwischen den Bäumen, tief im Sumpf, sah er ein Licht.

Gwyn ging in den Wald. Sobald er die Auffahrt verlassen hatte, kämpfte er mit alten Wurzeln, alten Mulden, Schlamm, Felsen, alten Pfaden. Disteln und Nesseln erkannte er, wenn er sie streifte, und die Bäume neigten sich über ihn, wenn er sich aufzurichten versuchte; ihre Wurzeln hingen lose im Moor. Der Wald wurde langsam zum Sumpf.

Gwyn bewegte sich weiter in Richtung auf das Licht. Alison war stehengeblieben, und Gwyn kam langsam an sie heran. Er war nur noch ein paar Meter entfernt, als sie ihr Licht plötzlich ausschaltete. Was jetzt? Sie kann auch nicht mehr sehen als ich, sie ist so still. Sie muß doch noch da sein, da links von dem Stamm …

Das Licht flammte wieder auf, aber weit rechts von ihm jetzt, fast außerhalb seines Blickwinkels. Was tut sie nur?

Es bewegte sich, so rasch, wie wenn jemand läuft, flackernd, als ob die Batterie langsam zu Ende gehe.

Gwyn folgte ihr. Wie ist sie nur so rasch dorthin gekommen? Ich habe sie nicht gehört. Er horchte. Der Fluß war zu hören hinter jedem Geräusch, aber seine Ohren waren an die Nacht gewöhnt.

Sie mußte geflogen sein.

Er folgte dem Licht. Alison begann zickzack zu laufen.

Sie kann doch nicht wissen, daß ich hinter ihr her bin.

Was hat sie vor?

Und das Licht ging wieder aus.

Das tust du nicht zweimal, Mädchen.

Gwyn beugte sich, um ihre Silhouette auszumachen. Sie befand sich irgendwo in der Nähe des Waldrandes, und die Bäume standen schwarz gegen das silberne Gebirge. Nun denn.

Aber das Licht kam wieder, diesmal noch weiter weg. Bestimmt war sie jetzt nicht mehr im Wald. Die Batterie gab noch etwas her, aber das Licht flackerte. Schwache Verbindung, dachte Gwyn. Aber wie kann sie sich nur so rasch bewegen? Wem läuft sie nach? Will sie mich vielleicht nur abhängen?

Gwyn überprüfte, ob Alison ihn vielleicht vor der hellen Wand des Mondlichts hatte erkennen können. Noch gebückt, rannte er in Deckung hinter einen Baum und richtete sich wieder auf. Das Spiel begann ihm Spaß zu machen.

Pech, Mädchen. Und was machst du nun?

Das Licht leuchtete jetzt beständig. Dein Zug, altes Haus!

Gwyns Kopf zuckte zurück, gegen einen Baum. Das Licht war immer noch da, aber ein zweites war jetzt aufgetaucht, etwa hundert Meter weiter links. Zwei. Und das zweite Licht kam jetzt auf ihn zu.

Gwyn wirbelte um den Stamm herum. Da war ein drittes blasses Feuer hinter ihm. Er sah, daß es keine Taschenlampen waren. Es waren nie Taschenlampen gewesen. Er stand da, wie festgebunden an den Baum. Es waren Flammen. Sie hatten ihn gefangen. Wenn ich schreie, wird keiner es hören.

Die Flammen liefen, zwei in einem bestimmten Abstand voneinander, nach vorn und nach hinten, schnitten ihn von der Welt außerhalb des Waldes ab, während jene Flamme, die er zuerst gesehen hatte, nun auf ihn zukam.

Manchmal schien sie im Boden zu versinken oder innezuhalten oder sich einen Moment von Gwyn abzuwenden. Dann kam sie wieder. Das ist hier, wo Huws Großvater verrückt geworden ist. Ich will hier raus. Ich muß hier fort. Und manchmal wurde die Flamme auch größer und schwankte, es war, als ob sie lache.

Ich darf nicht verrückt werden. Es war ihm bisher doch gar nichts passiert. Er konnte das nicht mehr aushalten: innen, in seinem Kopf. Denk nach, Mann. Du bist doch kein Bauer! Tu was. Gebrauch deinen Grips! »Die Beschleunigung. Die Beschleunigung eines … eines frei fallenden Körpers beträgt zweiunddreißig … zweiunddreißig Fuß pro Sekunde.«

Da waren noch mehr Flammen. Er nahm sie wahr, aber er konnte seine Augen nicht von der großen Flamme abwenden. Sie bewegte sich langsam, torkelnd, mit ihm spielend, und kam immer näher.

»Ich will nicht verrückt werden. Was hat der alte Kerl da gesehen? Halt's Maul! Die Beschleunigung eines frei fallenden Körpers beträgt zweiunddreißig Fuß per Sekunde, pro Sekunde. Pro Sekunde, pro Sekunde.« Es ist nur Feuer. Das ist alles. Was mag wohl mit ihm passiert sein? »Und merke noch dabei, auch nicht nach au, eu ei!« brüllte Gwyn.

Aber die Flamme war so groß wie er und stand jetzt vor ihm.

»1536, Statut der Union! 1553, Wales geteilt in zwölf Grafschaften. Volksvertreter nach Westminster entsandt! Materie besteht aus drei Arten ... drei Arten von Substanz! Ein Element! Ein Gemenge. Eine Mischung. Beschreibe ein Experiment! Hilf mir, Mam! Mahlen, verrühren, vermischen! Man nehme ... zehn Gramm geschmolzenes Sodium Azetat und fünfzehn Gramm Sodakalk! Schütte etwas von der Mischung in ein Reagenzglas, Mam, und erhitze es! Dann. Dann $NaC_2H_3O_4 + NaOH = Na_2CO_3 + CH_4$! Es geht! Es geht! Es geht auf!«

Die anderen Flammen tanzten.

Gwyn blieb stehen. Es war still im Wald. Gwyn starrte auf die Flamme. Er ließ den Stamm los und machte einen langsamen Schritt vorwärts auf die blaue Flamme zu und dann noch einen Schritt.

»CH_4«, sagte er. »CH_4? Ein Atom Kohle und vier Atome Wasserstoff. Das ist es ... Methan ... Methan!« Gwyn sprang auf die Flamme zu. Er landete auf seinen Händen im Wasser, spürte verfaulte Blätter, aber die Flamme war weg.

Gwyn schlurfte durch den Dreck und trat auf die nächste Flamme. Sie verlosch.

»Methan!« Tritt. »Methan!« Platsch. »Sumpfgas!«

Gwyn trat die zerbrechlichen Schleier aus und lachte aus vollem Hals. »CH pissige vier!«

Er stieß gegen einen toten Schößling, der knarrte. Das scharfe Geräusch brachte ihn wieder zu sich. »O Mann!«, sagte er. »Alison.«

Das wäre geschafft. Hast dich selbst für besonders schlau gehalten. Geduldig gewartet und all das? Und du mußt gehen und es wegwerfen, wenn es dir auf einem Teller angeboten wird. Ha, Teller! Für zwei Pfennig Methan, und du schreist, daß das Haus einstürzen könnte. Kannst von Glück reden, wenn du auf eine Meile an diese verdammten Teller herankommst … und nicht wahr, das wäre doch eine hübsche kleine Geschichte für den lieben Stiefbruder! Gwyn lief aus dem Sumpf heraus. Er war wütend über sich. Er kümmerte sich jetzt nicht mehr um das Sumpfgas, nicht um den Wald, nicht um das Mondlicht, nicht um den Lärm, den er machte.

Dummkopf.

Tölpel.

Von echtem waliser Schrot und Korn … von wegen!

»Hatschi!«

Er hielt in seinem Schritt inne.

»Hatschi!«

Das Niesen war ganz nahe. Er horchte, hörte aber nichts, was ihm die Richtung angegeben hätte. Gwyn durchstreifte den Wald. Zur Rechten war das Gelände steil und sehr dunkel. Vor ihm lag ein aufgeworfener Damm, der quer durch einen Teich führte zu dem Tor des Grenzzauns zu seiner Linken. Er wartete, daß sie sich mit einer Bewegung verraten werde. Er wandte seinen Kopf von der einen Seite auf die andere, besah alles, was in seinem Gesichtskreis lag, ganz genau.

Hab ich dich endlich!

Sie stand unter einem Baum am Ende des Dammes, nahe dem Tor. Er schaute und schaute. Sie war immer deutlicher zu erkennen, wie sie da von den Blättern halb verborgen im Mondlicht stand. Er sah ihre Silhouette durch die Zweige.

Aber hat sie mich gesehen? Sie wird doch dort nicht die Teller versteckt haben, und wenn ich weitergehe, wird sie wieder so tun, als sei nichts, und dann sind wir so weit wie zuvor.

Diesmal kann ich es abwarten, Mädchen. Was ist los?

Meinst du, da wäre etwas? Aufgepaßt: Wenn du dich bewegst, kann ich dich sehen. Warte, bis wir wieder hübsch ruhig sind und sicher, daß niemand hinter dir her ist, dann ist es recht, weiterzugehen, aber ich werde hinter dir sein, Miss Alison.

»Hatschi!«

Gwyn preßte die Zähne zusammen. Alison hatte ganz in seiner Nähe geniest, höher und dann etwas nach rechts, dort, wo der Wald am dunkelsten war. Gwyn zwang sich hinzusehen.

»Brat mir doch einer 'nen Storch«, sagte Gwyn.

Ein altes Hühnerhaus auf Eisenrädern stand da verrottet im Sumpf, und von drinnen her drang das schwache Geräusch von Geschirr herüber.

Also, wer ist da am Zaun?

Die Gestalt stand immer noch dort am Ende des Dammes. Sie wartete unter den Bäumen. Kopf und Schultern und Arme und der schlanke Körper, und dann sah er, nicht weniger deutlich, Blätter und Zweige, Dickicht und Mondlicht, sah, daß dort niemand wartete.

»Das gibt's doch nicht!«

Gwyn knetete sein Gesicht mit den Händen und schüttelte den Kopf. Seine Augen schmerzten von der Anstrengung.

Es gab ein Fenster auf der anderen Seite der Hütte: mit Hühnerdraht zugenagelt. Gwyn fand die Tür, die kein Schloß hatte, nur einen Drücker außen. Alison hockte zusammengekauert über ihrer Lampe, die gegen einen Stapel Teller gelehnt war, und schnitt Eulen aus, die sie auf Pauspapier abgezeichnet hatte. Sie arbeitete rasch. Sobald sie mit einer Eule fertig war, legte sie sie hastig weg und begann mit der nächsten. Die sich ringelnden Stapel umgaben sie und reflektierten das Taschenlampenlicht. Sie hockte voller Konzentration auf ihren Fersen.

Gwyn zog sich vom Fenster zurück.

»Alison«, sagte er ruhig, »ich bin es … Gwyn.«

Das Licht ging aus.

»Alison.«

Er rannte zur Tür.

»Alison. Ich bin's. Gwyn. Hab keine Angst.«

Keine Antwort.

»Alison.«

Er öffnete die Tür. Die Hütte war ein schwarzes Loch, und er konnte nichts sehen.

»Alison. Sei jetzt nicht albern. Ich will dir helfen. Alison, ich komme herein. Mach die Taschenlampe an.«

»Geh weg.«

Er legte seine Hand auf den Türrahmen.

»Geh. Fort.«

In der Dunkelheit hörte man ein Flattern, wie Flügel, aber trocken und hart wie eine Klapperschlange.

»Alison, ich komme herein.«

»Geh. Weg.«

Die Warnung, das bedrohliche Geräusch erschreckten ihn. Das Geräusch der aufgestapelten Teller.

»Nicht doch, Alison. Du mußt aufhören damit.«

»Geh. Weg.«

Die Teller klapperten. Gwyn duckte sich.

Er traf Alison mit seiner Schulter und drückte ihr die Arme gegen die Seiten. Sie wehrte sich, schlug um sich, trat, aber Gwyn hielt sie fest. Sein Kopf war weit vorgestreckt, nahe ihrem Anorak. Dort konnte sie nicht hinfassen. Das Eßservice zerbrach unter ihnen. Gwyn hielt Alison fest, bis es mit ihrer Kraft vorbei war, und ließ sie weinen, bis sie sich beruhigt hatte. Dann tastete er nach der Taschenlampe.

»Bist du jetzt in Ordnung?« fragte Gwyn.

»Ja.«

»Tut mir leid, wenn ich dir weh getan habe, aber ich

mußte dich daran hindern, weiter solche Eulen zu machen.«

»Warum?«

»Warum?« wiederholte Gwyn. »Weißt du wirklich nicht, warum?«

»Ich muß sie machen«, sagte Alison, »ich bin ganz erschöpft und zerschlagen, es ist das einzige, wobei ich mich besser fühle.«

»Besser?« sagte Gwyn. »Oder ausgeflippt?«

»Ich kann es nicht erklären«, sagte Alison, »ich fühle mich, als müsse ich bersten, und wenn ich die Muster nachzeichne, fließt es da hinein. Ich war fast fertig. Es hätte nicht mehr lange gedauert ...«

»Nein«, sagte Gwyn, »du läßt sie und gehst jetzt ins Bett.«

»Ich kann nicht. Ich fühle mich so angespannt. Bitte, laß es mich zu Ende machen, dann werde ich wieder in Ordnung sein.«

»Wie stellst du es denn an, daß einem die Sachen an den Kopf fliegen?« fragte Gwyn. »Wie bei mir das Buch und der Teller bei meiner Mam?«

»Mach ich das?« erkundigte sich Alison. »Es muß dieses Gefühl sein, zu bersten, als ob man die Nerven verliert und fürchterliche Angst hat, nur viel stärker. Mein Körper verkrampft sich immer mehr ... und dann ist es, als wären in meiner Haut Löcher wie im Hühnerdraht, und alles schießt heraus.«

»Ist das auch schon passiert, ehe du die Eulen gemacht hast?«

»... nein.«

»Aber dann begreifst du doch, daß das aufhören muß?«

»Ich kann nicht, Gwyn. Ich weiß auch nicht, was es ist. Aber ich muß es zu Ende bringen.«

»Wieviel sind es denn noch?«

»Ich war an der letzten. Bitte, laß mich die noch ausschneiden, Gwyn. Dann werde ich auch schlafen können. Ich bin ganz zerschlagen.«

»Da siehst du's«, sagte Gwyn. »In Ordnung. Aber du versprichst ...«

»Ich verspreche es«, sagte Alison und nahm die Schere wieder auf.

Sie schnitt um den Umriß herum, den sie von dem Teller abgepaust hatte. Sie hatte nur in groben Linien das Muster nachgezeichnet, ohne sich weiter um die Einzelheiten zu kümmern, aber es reichte ihr hin, um daraus eine Eule zu machen.

»Da«, sagte sie, »das ist das ganze Eßservice.«

»Gib mir bitte die Schere«, sagte Gwyn. »Danke. Kann ich diese Eulen behalten?«

»Ja«, sagte Alison, »tu, was du willst.«

Gwyn faltete die Eule und schob sie in seine Tasche.

»Und jetzt komm, wir gehen nach Hause.«

Er legte seine Hand auf Alisons Arm. Sie zitterte und ihre Zähne begannen zu klappern.

»Komm jetzt, Alison, du hast es geschafft.«

Alison klammerte sich an seinen Ärmel, drehte den Stoff mit beiden Händen.

»Ich habe Angst. Hilf mir. Es ist schrecklich. Du kennst das nicht. Bitte, Gwyn. Ich habe Angst.«

»Ich bin da«, sagte Gwyn, »vor was hast du denn Angst?«

»Vor allem«, sagte Alison, »ich spüre es ... ich kann es nicht sagen. Es ist, als ob ...«

»Du sagst immer, du kannst es nicht sagen, und ich weiß nichts davon. Warum es nicht wenigstens mal versuchen?«

»Ich habe keine Worte dafür«, sagte Alison.

»Versuch es.«

»Nichts ist mehr sicher. Ich weiß nicht, wo ich bin. Gestern … heute … morgen: das bedeutet alles überhaupt nichts. Ich spüre nur, sie sind die ganze Zeit über da und warten.«

»Seit wann spürst du es denn?«

»Ich weiß es nicht.«

»Seit gestern?«

»Ich weiß es nicht. Ich weiß überhaupt nicht, was ›gestern‹ war.«

»Und davor hast du Angst?«

»Nicht gerade das«, sagte Alison, »ich bin völlig durcheinander. Ich möchte lachen und weinen.«

»Klingt verdammt metaphysisch für mich«, sagte Gwyn.

»Ich wußte, du würdest es nicht begreifen. Gwyn, ich habe Angst. Ich habe Angst vor dem, was draußen ist.«

»Draußen wo?«

»Vor dieser Hütte.«

»Was ist draußen vor der Hütte?«

»Alles.«

»Hör auf damit!« sagte Gwyn. Er schüttelte Alison. »Jetzt red dir nichts ein! Das ist hysterisch. Komm mit ins Haus und versuch zu schlafen.«

»Gwyn! Nein. Ich trau mich nicht. Hier bin ich sicher.«

»Du willst doch wohl nicht dein ganzes Leben von nun an in einem Hühnerhaus verbringen?« sagte Gwyn. »Wenn du dich so gehenläßt, wirst du noch gelähmt werden. Du mußt mal wieder zu dir kommen! Denk mal an kalten geräucherten Hering.«

»O Gwyn!« Alison lachte fast.

»Ich meine, was ich sage. Es ist ein gruseliger alter Wald … also denk an geräucherten Hering. Das ist doch alles nur Einbildung.«

Gwyn nahm Alisons Hand und stieß mit dem Rücken

die Tür auf. Er sah, wie Alison an seiner Schulter vorbeistarrte.

»Gwyn!«

»An kalten Räucherhering denken!«

»Gwyn, schau doch.«

Ein Lächeln trat auf sein Gesicht. Er schaute. Eine Lichtersäule stand am Ende des Dammes unter einem Baum, am Tor des Grenzzauns. Die Säule war hoch, oben und unten schmal, und die Spitzen der Flammen fielen wie drapiertes Tuch herab.

Alison begann zu stöhnen.

»Es ist nichts Schlimmes«, sagte Gwyn, »Alison, es ist in Ordnung. Es ist das, worauf ich dich vorbereiten wollte.«

Sie drängte wieder in Richtung Hütte. »Nein«, sagte sie, »schau nur!«

»Es ist nur Sumpfgas«, sagte Gwyn, »man findet es in Gegenden, wo Pflanzen unter Wasser verfaulen. Es ist harmlos.«

»Nein«, sagte Alison.

»Es ist Methan. Du mußt doch mal davon gehört haben. Eine einfache Zusammensetzung von Kohle und Wasserstoff, und es ist nicht giftig. Komm und schau dir's an.«

»Nein. Du verstehst das nicht«, sagte Alison.

»Soll ich es für dich ausblasen«, fragte Gwyn, »oder draufspringen?«

»Nein! Gwyn! Bitte!«

»Es ist nichts als Sumpfgas.«

»Es mag ja Sumpfgas sein«, sagte Alison. »Es spielt keine Rolle, was es ist. Begreifst du das nicht? Es wird benutzt!«

»In Ordnung, Alison, gehen wir zurück«, sagte Gwyn, »es wird bald hell werden. Wir setzen uns draußen hin, und ich erzähl dir etwas von Räucherhering, soll ich?«

Sie setzten sich auf den Boden der Hütte, und Alison lehnte ihren Kopf an Gwyns Schulter, und er redete mit ihr, bis die Sonne die Gebirge saubergeputzt hatte. Dann mußte er sie aufwecken.

Sie traten aus der Hütte in das betaute Gras und gingen zusammen zum Haus in der Morgendämmerung des Mittsommertages.

Huw Halfbacon kratzte an der Auffahrt mit seiner Harke im Kies. Er schob seine Kappe auf dem Kopf nach hinten, als Gwyn und Alison auftauchten.

»Sie ist gekommen«, sagte er.

12

Gwyn brachte Alison bis zur Tür der Garderobe. Huw Halfbacon stützte sich auf seine Harke und schien keine Notiz davon zu nehmen, daß Gwyn zurückkam. Gwyn ging zu ihm hin und trat gegen die Harke, so daß Huw ins Stolpern geriet.

»Bist du gerade an der Arbeit«, fragte Gwyn, »oder ist die Auffahrt harken deine Antwort auf das Problem des Müßiggangs?«

»Es gibt eine Menge zu tun«, sagte Huw, »ich habe keine Hilfe.«

»Also fängst du schon um vier Uhr morgens damit an.«

»Nur im Sommer«, sagte Huw.

»Spar dir dieses Gehabe für die Touristen«, sagte Gwyn, »den einfachen Bauern kannst du bei anderen hervorkehren, Mister Huw, nicht bei mir.«

Huw sagte nichts. Gwyn sah, daß seine Arme dieselbe Stärke von der Schulter bis zum Handgelenk hatten und regungslos herabhingen.

»Alison ist damit fertig geworden, die Eulen vom Eßservice abzupausen. Sie macht Papiermodelle daraus.« Gwyn griff in seine Tasche, runzelte die Stirn, dann wendete er das Taschenfutter nach außen. »Ich hatte eines«, sagte er. »Na, macht nichts. Sie macht diese Eulen. Dann, kurz darauf, so scheint es, verschwinden die Muster von den Tellern. Erste Frage, Mister Huw.«

»Sie will Blumen sein«, sagte Huw, »aber ihr macht aus ihr Eulen. Warum zerstören wir uns selbst?«

»Ich stelle hier die Fragen«, sagte Gwyn. »Was haben diese Teller mit Blodeuwedd zu tun?«

»Sie ist die Frau«, sagte Huw.

»So?«

»Und sie ist gekommen.«

»Was hat das zu bedeuten?«

»Ich weiß nicht.«

»Mister Huw«, sagte Gwyn, »ich habe Alison gerade völlig verängstigt erlebt. Sie war ein solcher Idiot, wie du vorgibst, einer zu sein, und ich glaube, du weißt etwas darüber, und das wirst du mir jetzt erzählen. Was ist mit den Tellern nicht in Ordnung?«

»Mein Großvater machte sie.«

»So?«

»Er wurde verrückt.«

»Auch recht, spielen wir es eine Weile auf deine Art«, sagte Gwyn. »Warum wurde er verrückt?«

»Unten im Wald«, sagte Huw.

»Ich fragte nicht ›wo‹, sondern ›warum‹ ... aber meinetwegen: Also wo im Wald, Mister Huw?«

»Es gibt da einen Damm über den Teich zu dem Tor im Zaun am Flußufer«, sagte Huw. »Er sah die Frau, die aus Blumen gemacht wurde, aber er war nicht stark genug, sie zu halten, und sie verwandelte sich in ... er wollte nie sagen, was geschehen ist. Unten im Wald. Wir gehen da nicht hin.«

Gwyn hatte seine Farbe verloren. »An einem Tor«, sagte er, »am Ende des Dammes unter einem Baum, nahe dem Hühnerhaus.«

»Woher weißt du das?« fragte Huw. Er stand schwer in der offenen Tür. »Woher weißt du das? Wir gehen da nicht hin.« Seine Arme schwangen vor, und er hielt

Gwyn fest. »Ich habe dir doch gesagt, wir gehen da nicht hin.«

»Wer ›wir‹? Du bist nicht mein Boß. Ich geh hin, wohin ich will«, sagte Gwyn, »Laß mich los, du tust mir weh.«

»Wir sind nicht frei«, sagte Huw. »Wir haben zu viele Male versucht, uns davon zu befreien. Kein Herr ist frei. Mein Großvater versuchte es, mein Onkel hat es versucht, und ich habe versucht, es enden zu lassen, aber es hat kein Ende.«

»Laß los!«

Gwyn befreite sich aus Huws Griff, kam aber nicht bis an die Tür. Er stolperte über eine Schublade und griff sie an einer Ecke, bereit wegzutauchen, wenn sich Huw regen sollte. Aber Huw stand da und redete, als ob nichts geschehen sei.

»Sie will Blumen sein, aber ihr macht sie zu Eulen. Ihr dürft euch dann nicht wundern, wenn sie auf Jagd geht.«

»Bitte in Klartext, Mann!« rief Gwyn.

»Du weißt es!« rief Huw, »Lleu, Blodeuwedd und Gronw Pebyr. Die drei sind es immer, die jedesmal alles erleiden, denn in ihnen ist die Kraft des Tales enthalten und durch sie geht die Kraft verloren.«

»Was ist das für eine Kraft?« fragte Gwyn. Huw antwortete nicht.

»Huw. Sind das Geister?«

Huw schüttelte den Kopf.

»Ist die Kraft in den Tellern?«

»Etwas davon«, sagte Huw, »für eine gewisse Zeit.«

»Und das Bild im Billardzimmer? Du kennst es doch, nicht wahr?«

»O ja«, sagte Huw, »mein Onkel malte es.«

»Wann?«

»Oh, vor Jahren.«

»Aber es ist Jahrhunderte alt, Mann!«

»Doch, mein Onkel malte es.«

»Aber das kann nicht stimmen.«

»Und er fand Frieden auf diese Art, ehe er starb. Verstehst du, Großvater und Onkel waren große Männer, und sie meinten, sie könnten sie zähmen. Sie meinten, sie könnten den Leiden des Tales ein Ende machen. Aber sie machten sie zur Eule, und sie ging auf Jagd. Sie versuchten sie loszuwerden, indem sie sie in Teller und Wand einsperrten – und dann suchten sie für sich selbst ein ruhiges Grab.«

»Was hat das mit dir oder deinem Großvater oder deinem Onkel zu tun?« sagte Gwyn.

»Wir sind die Familie«, sagte Huw, »ihr Blut fließt in unseren Adern. Wir müssen es ertragen. Ein Herr muß für sein Volk sorgen, und das Volk soll nicht leiden für seines Herrn Missetaten. Als ich die Kraft der Eiche, des Ginsters und der Mädesüß nahm und eine Frau daraus schuf, war es ein großes Unrecht ... solchen Kräften einen denkenden Verstand zu geben.«

»Das hast du nicht getan«, sagte Gwyn. »Du bist verwirrt. Es ist eine Geschichte, Huw, aus Büchern, aus alten Tagen vor langer, langer Zeit, und es war ein Mann, der hieß Gwydion, der Blodeuwedd machte, nicht du. Du mußt das doch auseinanderhalten, was du weißt, was du gelesen hast, und was man dir erzählt hat. Du bringst alles durcheinander. Du hast niemanden aus Blumen gemacht, und dein Onkel hat dieses Bild nicht gemalt. Das mal vorweg.«

»Was ich weiß?« sagte Huw, und Gwyn erschrak über die Furcht in Huws Augen. »Was ich weiß? ... Ich weiß mehr, als ich weiß ... ich weiß nicht, was ich weiß ... die Last, die Last davon!«

»Huw! Spiel jetzt nicht den Dummkopf. Sie meinen, du bist verrückt, und Roger will durchsetzen, daß du hinausgeworfen wirst. Ich habe sie darüber reden gehört.«

»Sie werden nichts tun«, sagte Huw.

»Sie setzen dich vor die Tür, wenn es ihnen so gefällt«, sagte Gwyn. »Mann, nimm dich doch zusammen … das Geschwätz über Pilze und Schweine … das ist eine andere Geschichte über Gwydion … das bist nicht du. Alison hat diese alten Geschichten gelesen, und als Roger gestern abend von dir erzählt hat, rückte sie damit heraus. Es ist eine Sache, von alten Bräuchen zu schwatzen, wenn es ein paar Pfunde einbringt, aber die hier, die meinen, du wolltest sie auf den Arm nehmen. Da sitzt du rasch vor der Tür. Und nicht dir gehört dieses Haus hier.«

»Wirklich nicht?« sagte Huw. »Oh, ihr Name steht in den Büchern des Gesetzes, aber mir gehören der Grund, das Gebirge, das Tal, mir gehören das Lied der Kuckucks, die Brombeersträucher, die Beeren: die dunkle Höhle ist mein!«

»Na, wenn du's nicht einsehen willst, bitte!« Gwyn drängte sich an Huw vorbei: »Geh aus dem Weg, verrückter alter Teufel … und mach mir das Deckbrett für die Bodenluke«, rief er ihm noch über die Schulter zu, »oder du wirst was erleben!«

13

Du siehst ziemlich blaß aus heute morgen«, sagte Clive, »bist du sicher, daß alles in Ordnung ist? Solltest dich nicht überanstrengen. Nicht gut für eine junge Dame.«

»Mir geht es gut, danke«, sagte Alison, »ich bin nur noch nicht völlig munter, das ist alles. Bei mir ist das immer so, wenn ich morgens zu lange schlafe.«

»Soll ich Nancy sagen, daß sie dir ein Spiegelei macht?« fragte Clive. »Wir haben dein Frühstück solange warmgehalten, wie es irgend ging.«

»Nein, wirklich Clive. Ich bin in Ordnung. Ich denke, ich geh mal etwas frische Luft schnappen.«

»Das wird dir gut tun«, sagte Clive.

»Wo ist Roger?« fragte Alison.

»Er ist unten im Keller mit seinen Filmen, glaube ich. Jedenfalls wollte er nicht gestört werden. Er hat die Tür verriegelt; damit wir nicht gerade im kritischen Augenblick reinplatzen ... du weißt ja, diese Dunkelkammer-Fanatiker.«

»Macht nichts«, sagte Alison, »ich werde nicht lange fort sein.«

»Hm ... und denk dran, was Margaret gesagt hat, nicht wahr?«

»Ja, Clive.«

»Mütter müssen sich nun einmal Sorgen machen ...«

»Nein, Clive.«

»Ich will damit sagen, sie meint es ja nur gut mit dir.«

»Ja, Clive.«

»Sie ... will, daß du schöne Ferien hast. Wir wollen, daß ihr glücklich seid, das ist alles.«

»Du bist ganz süß, Clive«, sagte Alison, »ich seh dich beim Lunch.«

»Cheers«, sagte Clive.

Alison ging den Flußpfad unterhalb der Terrasse entlang. Die Hitze war bereits ungemütlich, aber unter den Bäumen war die Luft noch kühl.

Der Pfad führte in den Sumpf beim Hühnerhaus. Gwyn saß auf einem Baumstumpf am Weg.

»Hallo«, sagte Alison.

»Hallo.«

Gwyn deutete durch die Bäume. »Siehst du diese dunkle Linie, die ins Gebirge hinauf führt? Das ist die alte Torfstraße. Jeden Sommer gingen die Leute aus dem Tal dort hinauf, um Torf zu stechen. Vier Tage dauerte das.«

»Wie brachten sie ihn denn herunter?« fragte Alison.

»Pferde«, sagte Gwyn.

»Aber es ist so steil.«

»Sie benutzten Schlitten. Und siehst du die Schramme dort über dem Bach? Das war der Steinbruch für den Häuserbau. Den guten Schiefer gibt es nur auf dieser Seite des Flusses. Auf der anderen Seite ist mit dem Gestein nicht viel los. Sieh dir mal die Straßenbrücke an, wenn du zum Laden gehst. Die ist aus schlechtem Schiefergestein und bricht bald zusammen. Aber das Haus ist noch wie neu. Da nützt sich nichts ab.«

»Ich wünschte, ich wäre wie du«, sagte Alison, »du gehörst hier dazu.«

»Ich? Das ist das erste Mal, daß ich hier bin ...«

»Das ist es ja gerade«, sagte Alison, »du bist vor einer

Woche gekommen, und du kennst dich mit allem aus, als hättest du immer hier gelebt ... während ich all meine Ferien immer in diesem Haus verbracht habe und doch nicht dazugehöre. Ich bin so nutzlos wie diese Mädchen auf Modephotos ... die man in ein Weizenfeld stellt, mit einem Pudel auf dem Arm, oder auf einen Berg, und sie sehen immer großartig aus, und dabei wissen sie nicht, wo sie eigentlich sind. So ist es mit mir. Ich gehöre einfach nicht dazu.«

»Es ist dein Haus«, sagte Gwyn.

»Das bedeutet im Augenblick nicht allzu viel.«

»Wie lange gehört deiner Familie das Anwesen schon?«

»Ich habe keine Ahnung. Daddy hat es von einem Cousin geerbt, der getötet wurde.«

»Wann wurde er getötet?«

»Ach, vor Jahren, noch ehe ich geboren wurde. Ich habe Bilder von ihm gesehen. Er sah sehr gut aus. Er hieß Bertram.«

»Aber es ist dein Haus.«

»... ja.«

»Wenn du darauf bestehen würdest, würdest du deinen Willen durchsetzen.«

»Mummy und Clive verwalten das Anwesen jetzt. Es ist nicht so leicht. Aber warum fragst du? Was ist los?«

»Ich mache mir Sorgen wegen Huw«, sagte Gwyn. »Ihr werdet ihn nicht entlassen, nicht wahr?«

»Sie haben davon gesprochen«, sagte Alison, »aber es gibt niemanden, der seinen Platz einnehmen könnte. Clive meint, er sei gefährlich. Stimmt das?« Gwyn schüttelte den Kopf. »Ich weiß nicht. Vieles an ihm ist merkwürdig. In anderem ist er wieder recht vernünftig. Er redet so unvollständig, selbst wenn er Welsh spricht, daß man sich einfach nicht zurechtfindet. Ich fühle mich irgendwie schlecht deswegen, vielleicht, weil wir eine Auseinandersetzung miteinander hatten, nachdem du gegangen warst, und ich dabei die Nerven verlor. Aber jetzt habe ich mir all das mal durch den Kopf gehen lassen, und was er gesagt hat, das ist wahr.«

»Was meinst du damit?«

»Komm und schau mal mit ins Hühnerhaus«, sagte Gwyn.

»Ich möchte lieber nicht«, sagte Alison, »ich habe auch nachgedacht.«

»Es dauert nur einen Moment«, sagte Gwyn. Er öffnete die Tür.

»Da. Ein Eßservice, einfach weiß, zerbrochen, fertig zum Mitnehmen. Was bekomme ich geboten?«

»Nein, Gwyn. Ich habe wieder Angst. Und dieses verkrampfte Gefühl ist wieder in mir.«

»Ach, laß dich doch nicht verrückt machen. Das Muster ist fort, und alle Teller sind zerbrochen. Du kannst dir ja einreden, daß wir es zerbrochen haben, als wir in der letzten Nacht die Muster abgepaust haben. Ich weiß gar nicht, wie du mit den Mustern zurechtgekommen bist. Und wo sind denn die Eulen, die du gemacht hast?«

»Gwyn, bitte red nicht so mit mir. Du bist der einzige, mit dem ich überhaupt darüber reden kann.«

»Du wirst vielleicht nicht darauf kommen«, sagte Gwyn, »aber was, wenn ich dich brauche, um mal mit jemanden darüber zu reden? So deine Art, wie du an mir vorbeigerauscht bist, ins Zimmer, und gesagt hast: ›O Clive, wie süß!‹ … und ich vor der Tür. Was meinst du, wie man sich da fühlt?«

»Ich mußte«, sagte Alison, »Mummy konnte jeden Augenblick herunterkommen, und wir hatten eine fürchterliche Auseinandersetzung über den Zettel, den du in den Rosenkohl gesteckt hattest.«

»Gut … aber: na und?« sagte Gwyn.

»... wo draufstand, daß du mich sehen müßtest. Mummy war rasend. Sie sagte lauter fürchterliche Sachen. Ich wußte gar nicht, daß sie so sein kann.«

»Was für fürchterliche Sachen?«

»Ich mag das nicht vor dir wiederholen, Gwyn.«

»Besten Dank, Miss Alison, Ich bedauere es, etwas gesagt zu haben.«

»Nicht doch, Gwyn. Ich bin doch nicht so.«

»Wer ist es dann?«

»Ich ... nun ...«

»Ich will nur mit dir sprechen, Mädchen.«

»Ich auch. Du bist der einzige, der mich je ›Alison‹ genannt hat.«

»So heißt du doch?«

»Aber sie nennen mich immer ›Ali‹. Das ist fürchterlich – Ali, die Alleekatze.«

»Ich möchte nur mit dir sprechen«, sagte Gwyn, »von dir ist doch abhängig, wie du es auffaßt. Hast du schon gefrühstückt?«

»Nein, ich konnte nicht.«

»Ich auch nicht. Es schmeckte wie Sägespäne. Ich bekam einfach nichts runter.«

Gwyn ging zum Baumstumpf zurück.

»Wir müssen über diese Teller reden.«

»Warum?« fragte Alison. »Sie sind zerbrochen. Kümmert mich nicht mehr im geringsten.« Alison lachte und schlug die Hände vor das Gesicht: »Nicht im klitzegeringsten.«

»Wirklich«, sagte Gwyn, »komm, Alison, es ist genug jetzt. Komm, Mädchen.«

»Hallo«, sagte Roger. Er lehnte gegen einen Baum. »Ich hab mich gefragt, wo ihr seid. Ich hab euch nachgerufen. Ich habe ein paar Abzüge und möchte, daß ihr sie euch mal anschaut.«

»In einer Minute«, sagte Gwyn.

»Komm und schau sie dir an, Ali«, sagte Roger.

»Ich hab dir gesagt, in einer Minute«, rief Gwyn.

»Ali«, sagte Roger, »deine Mutter treibt sich hier herum. Meinst du nicht auch ... Denk mal an ...?«

»Was meint er damit?« sagte Gwyn.

Alison schaute ihn an: »Gwyn ... du kannst nicht mit uns zum Haus zurückgehen. Gwyn, ich habe es versucht, aber Mummy sagt, ich dürfte nicht mit dir reden.«

»Das ist ganz in Ordnung, Miss Alison«, sagte Gwyn, »in Zukunft werde ich den Dienstboteneingang benutzen.« Er wandte sich schroff ab und ging den Pfad entlang und dann durch den Wald zur hinteren Auffahrt.

»Gwyn, ich kann einfach nicht!«

»Meine Herren, ist der leicht beleidigt!« sagte Roger.

14

Mit dem entsprechenden Material hätte es sich bis auf die Ausmaße dieser Wand da vergrößern lassen«, sagte Roger. »Mit dem, was ich habe, mußte ich den ganzen Morgen über im Keller rummurksen, um es einigermaßen auszubalancieren. Details lassen sich mit dem Film und diesem Papier einfach nicht herausholen. Immerhin bekommst du noch eine gewisse Vorstellung, und vielleicht kannst du ja sagen, was es ist. Du weißt doch: ein klares Auge und so weiter.«

»Nicht jetzt, Roger«, sagte Alison.

»Die Abzüge liegen auf dem Eßzimmertisch. Sie sind noch etwas feucht. Also gibt acht, daß sie nicht knicken.«

»Nein. Später. Jetzt nicht.«

»Zuerst habe ich schon einen ganz schönen Schreck bekommen«, sagte Roger. »Es waren diese letzten beiden, bei denen jener haarige walisische Freak mit zusah. Bei den anderen war Gwyn dabei. Er saß auf dem Stein, aber dann ging er weg, um diesen Burschen zu suchen. Aber das Entscheidende ist, Ali, ich habe alle Bilder innerhalb eines Zeitraums von fünf Minuten, nachdem ich die Kamera aufgestellt hatte, aufgenommen. Ich habe fast die ganze Zeit auf den Bryn geschaut ... Na, du kannst es dir ja selbst anschauen. Sie sind hier drin.«

Aber als Roger die Tür aufmachte, rannte Alison an ihm vorbei, die Treppe hinauf.

»He! Ali!«

Ihre Tür knallte, und er hörte das gedämpfte Geräusch der Sprungfedern.

»Frauen!« sagte Roger und betrat das Eßzimmer. Seine Fotos lagen übereinander auf dem Fensterbrett, im grellen Sonnenlicht. Die obersten Abzüge hatten sich zu Röhren zusammengebogen.

»Wer hat denn meine Abzüge da rübergeräumt?« erkundigte sich Roger.

»Sie lagen auf dem Tisch«, sagte Nancy.

»Ich weiß, daß sie auf dem Tisch gelegen haben. Ich habe sie dort zum Trocknen ausgebreitet. Ich habe den ganzen Morgen mit den Abzügen verbracht!«

»Sie waren im Weg«, sagte Nancy, »ich hatte was zu tun, und feuchtes Papier gehört nicht auf den Eßtisch. Ich muß ihn jeden Tag polieren, manchmal sogar zweimal am Tag.«

»Im Weg?« fragte Roger. »Sie haben meine Abzüge ruiniert, darum geht es. Im Weg? Haben Sie hier darüber zu befinden, was im Weg ist?«

»Ich möchte sofort Mrs. Bradley sprechen«, sagte Nancy.

»Kümmern Sie sich nicht um Dinge, die Sie nichts angehen. Mrs. Bradley wird Ihnen da auch nichts anderes sagen.«

»Hallo, hallo, hallo!« sagte Clive. Er sprach schon, als er noch in der Garderobe stand. »Was ist denn hier wieder los?«

»Ich verlange, die Frau des Hauses zu sprechen«, sagte Nancy. »Ich möchte kündigen.«

»Sie hat mir meine ...«

»Schon gut, schon gut«, sagte Clive, »etwas weniger

Gefühlsaufwallungen, wenn ich bitten darf. Also, alter Junge, räum deinen Kram da mal zusammen …«

»Aber Dad.«

»Ich helf dir, sie drüben im Salon zu sortieren. Aber beruhige dich. Und ich komme gleich nach.«

Roger hob die Fotos auf und verließ das Zimmer. Er ging in den Salon, legte die Abzüge auf dem Fußboden aus und glättete sie. Roger hörte die Stimmen nebenan. Nancys Stimme monoton; die seines Vaters beschwichtigend. Dann kam Clive in den Salon. Er steckte gerade seine Geldbörse weg. »Teure Ferien, das«, sagte er.

»Ich mühe mich den ganzen Morgen ab«, sagte Roger, »und sie richtet dann so ein Durcheinander an.«

»Ach, nimm's leicht. Man kommt nicht weit, wenn man nicht lernt, sich anzupassen. Mit Nancy muß man in letzter Zeit eben vorsichtig sein.«

Roger breitete die Fotos aus und beschwerte die Ecken mit irgendwelchen Gegenständen.

»Nun, es ist wirklich nicht so schlimm, wie ich dachte«, sagte er. »Wenn ich sie jetzt presse, kommt es vielleicht wieder hin. Tut mir leid, daß ich durchgedreht bin, Dad. Es war die Art und Weise, wie sie die Abzüge rumgeworfen hat. Sie mußte sich doch sagen, daß ich sie mit Absicht dahin gelegt hatte!«

»Sie denkt nicht nach«, sagte Clive, »du darfst bei ihr nicht allzu viel Grips erwarten.«

»Gwyn kommt mir ganz gescheit vor.«

»Na ja. Das ist ja die Plage: Diese Neunmalklugen – das sind die Schlimmsten. Grips ist eben nicht alles. Man muß auch den entsprechenden Schliff mitbekommen haben.«

»Liegt es daran, daß Margaret mit Alison so streng ist?«

»Schwierige Geschichte«, sagte Clive, »schwierig, hmhm, verstehst du? Also, was ist jetzt mit deinen Bildern? Sollen wir sie auf dem Billardtisch auslegen? Das wäre besser als hier. Wir könnten sie mit den Snooker-Bällen beschweren. Nicht allzu scharf geworden, wie? Was ist das? Ein verregnetes Wochenende in Brum?«

»Mußt du mir nicht sagen!« antwortete Roger. »Ich lege sie jetzt mal in die richtige Reihenfolge. So, hier sind die Frontalaufnahmen des Steines vom Fluß her. Auf der ersten kannst du Gwyns Hand erkennen. Er saß oben auf dem Stein. Klar. Nun, das hier sind Vergrößerungen des Mittelteils eines jeden Bildes. Sie sind alle gleich. Daß einige heller und andere dunkler sind, kommt daher, weil ich sie verschieden entwickelt habe ... aber du siehst, wie ich den Wald auf dem Bryn, umrahmt von dem Loch, draufgekriegt habe.«

»Ja, sogar recht gut«, sagte Clive.

»Bei den letzten zwei Bildern war Gwyn nicht mehr da. Die alte Speckseite war aufgetaucht und machte ihre Bemerkungen. Hier.«

»Prima. Spot an. Gut getroffen.«

»Findest du?« fragte Roger.

Clive beugte sich über die Abzüge, um sie sich genau anzuschauen und die zwei Serien miteinander zu vergleichen.

»Aha«, sagte er, »ja.«

»Was denn, Dad?«

»Auf den letzten beiden ist da irgend etwas zwischen den Bäumen ... da links.«

»Was ist es?«

»Hmhm ... nein. Kann ich nicht sagen. Auf den anderen ist es nicht drauf. Hast du es mal mit einem Vergrößerungsglas probiert?«

»Nein, aber ich habe die Vergrößerung vergrößert. Jetzt schau dir das hier mal an.«

Roger zeigte seinem Vater sieben andere Abzüge, so vergrößert, daß der Stein des Gronw nicht mehr zu erkennen war und man nur die Bäume auf dem Bryn sah.

»Das sind die drei mit Gwyn, und das die zwei anderen, nachdem er gegangen war, und diese hier … da schaut Halfbacon zu.«

»Zweifellos, da ist etwas,« sagte Clive, »irgend etwas ist auf den letzten beiden mehr drauf.«

»Was ist es?«

Clive setzte seine Brille auf. »Nein«, sagte er, »geht nicht. Wenn es größer wäre, könnte man es vielleicht erkennen.«

»Ich habe es versucht«, sagte Roger, »hier: dein verregnetes Wochenende.«

Die Abzüge zeigten ein grobes Muster von Klecksen und Linien.

»Was ist denn da schiefgelaufen?« fragte Clive.

»Es sind der Film und das Papier«, sagte Roger. »Du kannst die Negative nur bis zu einem bestimmten Punkt vergrößern. Dann kommt das Korn heraus. Die Farbe teilt sich in schwarz und weiß auf. Du hast dann nur noch Flecken, und dazwischen ist nichts mehr. Wenn man es mit Absicht tut, wird etwas Abstraktes daraus.«

»Ja …?« sagte Clive.

»Ich habe versucht, einen Mittelweg zu gehen«, erklärte Roger und wies auf eine weitere Reihe von Abzügen. »Hier. Ich habe so weit wie irgend möglich vergrößert und erst kurz vor dem Punkt aufgehört, an dem das Bild zerfällt. Was hältst du nun davon? Wieder ist der Farbton anders, weil es verschiedene Arten der Entwicklung sind.«

Die Bäume auf dem Bild sahen aus wie abgebrannte Streichhölzer, und zwischen zweien von ihnen sah man etwas, das sich wie eine Anhäufung grauer und schwarzer Perlen ausnahm.

»Ich würde sagen, das ist jemand auf einem Pferd. Er hebt einen Stab hoch oder winkt mit der Hand.«

»Hast du hier jemals Pferde gesehen seit wir hier sind?« fragte Roger. »Die Bauern benutzen Traktoren.«

»Es ist ziemlich klein für ein Pferd, das gebe ich zu«, meinte Clive, »ich sag dir was: könnte ein Pony sein. Ponytrekking ist doch sehr beliebt, heutzutage.«

»Was hat er auf dem Kopf?«

»Ach ... nichts?«

»Dann hat er langes Haar«, sagte Roger, »zusammengebunden auf dem Rücken, und es fällt bis auf die Schultern.«

»Einer von diesen Beatnik-Typen«, sagte Clive, »ich gebe zu, es ist nicht gerade alltäglich, daß sie sich für so etwas begeistern, nicht wahr?«

»Schau dir den nächsten Abzug an«, sagte Roger, »er ist nicht lange genug entwickelt. Deswegen ist er viel dunkler, und die Kleckse sind mehr verlaufen.«

»Er nimmt seine Hand runter«, sagte Clive, »aber viel sieht man nicht von ihm, oder? Warte noch mal ... für ein Pony ist das vorn und hinten reichlich rund.«

»Vielleicht nimmt es ja den Kopf herunter«, sagte Roger.

»Möglich. Wenn ich die anderen Bilder nicht gesehen hätte, würde ich sagen: es ist ein Motorrad.«

»Dort oben?«

»Gerade recht für ein Hindernisrennen, obwohl man meinen müßte, daß wir dann etwas davon gehört haben sollten. Ist da jemand herumgefahren?«

»Nein, Dad. Das ist es ja gerade. Die Bilder sind alle innerhalb von fünf Minuten aufgenommen worden, und ich habe den Bryn immer im Auge gehabt. Wie ist das dann mit den zweien hier zu erklären?«

»Ich habe auch keine Ahnung. Es sei denn, Halfbacon hätte dir einen Streich gespielt.«

»Ist das dein Ernst, Dad? Meinst du wirklich, das könnte er?«

»Könnte was?«

»Mir einen Streich spielen.«

»Nun mal ruhig«, sagte Clive, »wir sind nicht im Mittelalter. Nächstens werden wir den Kerl auf dem Scheiterhaufen verbrennen.«

Roger und sein Vater sammelten die Bilder ein und trugen sie ins Billardzimmer. Die Tür stand offen, aber sie konnten nicht hinein, weil eine Schubkarre den Weg blockierte. Aufgeladen war heruntergebrochener Putz, und Gwyn kehrte gerade mit Besen und Schaufel den letzten Schmutz auf dem Boden zusammen.

Roger und sein Vater warteten draußen. Gwyn sagte nichts, sondern fuhr mit seinem Kehren fort. »Ich habe es ganz vergessen«, sagte Roger, »ich wollte dir da drin noch etwas zeigen.«

Sie warteten.

»Wir wollen da rein, mein Junge«, sagte Clive, »nun mach schon«.

»Ich habe nur zusammengekehrt«, sagte Gwyn. »Sie wollen doch bestimmt nicht, daß der Dreck hier rumliegt?«

»Nimm die Schubkarre weg, damit wir reinkönnen.«

»Geht in Ordnung, Mr. Bradley«, sagte Gwyn und fegte weiter.

»Die Schubkarre«, drängte Clive, »nun mal bißchen fix.«

»Ja, Sir«, sagte Gwyn. Er kehrte ein Stück Putz zur Schaufel hin. Er hielt den Besen in der anderen Hand nahe seinem Kopf. Er schob den Putz um den Billardtisch herum vor sich her und bekam ihn an einem der Tischbeine auf die Schaufel. Er kehrte mit der Schaufel zur Schubkarre zurück und schüttete den Putz hinein.

»Sofort, Sir.«

Gwyn stieß die Schubkarre durch die Tür. Sie polterte auf den Stufen zum Pfad, der zur Hinterseite des Hauses führte.

»Das kam dumpfer Unverschämtheit doch schon ziemlich nahe«, sagte Clive.

»Mach dir nichts draus, Dad. Komm und sieh dir das mal an.«

Roger legte seine Fotos auf dem Billardtisch aus.

»Was hältst du von unserem Fresko? … O Dad!«

Er starrte auf die nackte Holzverschalung.

»Dieser rachsüchtige Bettler! Er hat es abgekratzt!« Roger rannte Gwyn, der die Karre fortfuhr, bis zu den Stufen nach. »He! Du!« Gwyn blieb stehen.

»Komm mal her!« Roger sprang die Stufen hinunter.

»Was fällt dir eigentlich ein, dieses Bild zu zerstören, du walisischer Tölpel?«

»Junger Herr«, sagte Gwyn, »wenn Ihnen danach ist, eine gehörige Tracht Prügel zu beziehen, dann nur so weiter.«

15

Als sie das Geschrei hörte, stand Alison vom Bett auf und trat ans Fenster. Es war Rogers Stimme. Sie öffnete das Fenster. Gwyn tauchte unten mit seiner Schubkarre auf, unterwegs in Richtung auf die Ställe.

Die Sonne hatte den Fenstersims erwärmt. Alison lehnte ihren Kopf an das Glas. In einiger Entfernung lag das lange steinerne Fischbassin neben dem Rasen und funkelte an der Stelle, wo der Einsatz von Farnen gesprungen war. Sie sah sich selbst unter den Kringeln, die die Sonne aufs Wasser zauberte. Die Helligkeit löschte das Bild des Hauses aus, so daß sie nur ihr Gesicht sah.

Ich bin hier oben und dort unten, dachte Alison. Wo bin ich nun eigentlich? Bin ich tatsächlich diese Spiegelung da unten im Wasser?

Gwyn kam vom Stall zurück. Er ging mit hochgezogenen Schultern und trat gegen jeden Kieselstein. Er setzte sich an den Rand des Behälters, unmittelbar neben Alisons Bild im Wasser: Er schien es zu betrachten.

Bin ich hier und du dort? Oder sind wir zusammen? Wenn ich die Spiegelung hier bin, dann werden wir miteinander sprechen können.

»Hallo, Gwyn.«

Gwyn sagte nichts. Er streckte die Hand aus, um ihr

Haar zu berühren. Und sie war Gold und Weiße über dem Wasser zugleich. Alison war vom Fenster zurückgetreten. Der Metallrahmen schnitt jetzt durch ihre Wange. Und Gwyn sah hinauf. Er hatte nicht erwartet, sie zu sehen. Er hatte auf dem ganzen Weg zum Abfallhaufen und zurück mit seiner Wut gekämpft. Das Wasser war ruhig, und er versuchte, seine Hand in die Stille gleiten zu lassen, ohne das klare Licht zu zerbrechen. Kräuselungen gingen von seinen Fingern aus. Er schaute auf.

Alison stand am Fenster. Sie bewegte sich nicht. Die Stille, in die er versucht hatte einzutreten, umfing ihn nun ganz und gar, und Gwyn saß da und beobachtete.

Der Gong zum Lunch ertönte, und Alison sprang die Treppe hinunter, während Gwyn ging, um die Kartoffeln abtropfen zu lassen und sie in einer Schüssel auf die Durchreiche zu stellen.

»Was war denn los?« fragte Nancy nach dem ersten Gang. »Er sagt, du sollst heute nicht bei Tisch bedienen.«

»Ich habe seinem Sohn und Erben vor ein paar Minuten Prügel angeboten«, sagte Gwyn.

»Weswegen?«

»Persönliche Gründe.«

»Hast du ihn geschlagen?«

»Nein. Papi kam dazwischen.«

»Schade«, sagte Nancy und trug das Käsebrett durch die Küche zum Eßzimmer.

Gwyn sah seiner Mutter nach. Schade? Dann nahm er die schmutzigen Teller von der Durchreiche und stellte sie ins Abwaschbecken. Seine Hände zitterten bei der Vorstellung. Zeit genug, aber es mußte rasch und geräuschlos vor sich gehen. Fünf Schachteln. Zwei aus jeder, das würde niemandem auffallen.

Er versuchte es zuerst im Wohnzimmer. Eine Büchse.

Er öffnete sie. Sie war voll: an die hundert Zigaretten. Er nahm auf der Stelle zehn, aber das waren zuviel, und er tat soviel zurück, daß die Büchse wieder voll aussah. Er behielt fünf Zigaretten in der Hand. Gwyn ging in den Salon und fand dort zwei Büchsen, aber die erste war ziemlich leer, und er wagte nicht, etwas zu nehmen. Drei aus der zweiten Büchse.

Mehr, mehr. Aber es gab nicht mehr Büchsen, und die Messer klirrten auf der Durchreiche. Er lief in die Küche und fing mit dem Abwaschen an, als seine Mutter die Bestecke brachte. Sie trug den Kaffee ins Eßzimmer.

Minuten. Gwyn trocknete seine Hände ab und versuchte eine Inventarliste des Hauses im Kopf aufzustellen, aber Büchsen gab es keine mehr.

Acht Zigaretten, das war, als ob er keine einzige erbeutet hätte.

Gwyn ging ins Wohnzimmer zurück. Er schaute hinter die Kissen der Stühle und fand nichts. Er ging hinaus in die Garderobe und fuhr mit der Hand in die Jacke, die Clive zum Fischen trug.

Mit so etwas reitet man sich immer rein, dachte er, aber nichts geschah, und seine Finger stießen auf eine flache Metallschachtel.

Zurück in der Küche, legte Gwyn die zehn Zigaretten in eine Schublade. Eine war etwas verbogen, aber er hatte Zeit, sie geradezustreichen. Er öffnete die Küchentür, die zum Gang führte, nahm die Deckel von den Mülleimern ab und begann dort herumzukramen.

Dann fuhr er mit dem Abwasch fort.

Eine Viertelstunde später kam er aus seinem Schlafzimmer herunter. Nancy saß am Ofen und trank den Kaffee, der übriggeblieben war.

»Wo warst du denn, Junge?« fragte sie. »Du hast ja endlos rumgetrampelt.«

»Ich war oben, Mam«, sagte Gwyn und zog sich einen Stuhl an den Ofen. »Mam«, sagte er, »tut mir leid wegen gestern abend. Das war gemein ... mit deiner Geldbörse. Ich hab dir was gekauft.« Er hielt ihr die Zigarettenpackung hin. »Ist zwar nicht deine Marke. Rauchst du die auch?«

Nancy nahm die Packung. Wenn sie nur nicht die Flecken von den Teeblättern bemerkte. Und das Silberpapier ... hoffentlich hatte er es richtig hineingelegt. Wenn sie nur nicht gerade als erste Zigarette jene bekam, die etwas verbogen gewesen war ...

»Hmm«, sagte Nancy, »in Ordnung, Junge.« Sie machte sich aus Zeitungspapier einen Fidibus und zündete ihn im Ofen an.

»Hmm. Die tun es auch. Wo hast du das Geld her?«

»Ich habe etwas gespart«, sagte Gwyn.

»Aber du bist doch gestern angekommen und wolltest was haben«, sagte Nancy.

»Mam, wenn ich Roger verprügelt hätte, was wäre geschehen? Hätten sie uns rausgeworfen?«

»Hängt davon ab, wie sehr er von dir verhauen worden wäre, nicht wahr?«

»Dir hätte es nichts ausgemacht, wenn ich ihn verprügelt hätte?«

»Den? Ha! ›Oh‹, sagt er, ›wo sind denn meine Fotos?‹ sagt er. ›Wer hat sie denn vom Tisch genommen? Sie haben kein Recht dazu‹ sagt er. ›Ohne meine Erlaubnis rühren Sie nichts an‹, sagt er. Es war ganz feucht auf dem Tisch, und ich hatte die Platte doch gerade erst poliert. Und der andere kommt rein und meint, seine Pfundnoten wären alles.«

»Wer?«

»Er. Lord Ekel.«

»Mr. Bradley?«

»Mr. Bradley! Wenn ich an die Herrschaften denke,

die ich in diesem Speisezimmer schon gesehen habe … er ist nicht mal ein Gentleman!«

»Woher weißt du das?« fragte Gwyn.

»Es gibt Mittel und Wege, das festzustellen«, sagte Nancy. »Als er mit seinen Pfundnoten wedelte, dachte ich, wenn es im Himmel eine Gerechtigkeit gäbe, hätten andere die Scheckbücher. Und ich sag mir: Leg ihm mal Messer und Gabel hin, wollen mal sehen, wie er mit einem Pfirsich zurechtkommt.«

»Einem Pfirsich, Mam?«

»Daran erkennt man genau, ob einer ein Gentleman ist oder nicht … daran, ob er richtig einen Pfirsich zu essen versteht. Oh, er sah ziemlich lächerlich dabei aus!« Nancy hustete auf ihre Zigarette.

»Es war Alison, die ihn rettete. Sie nahm ihren Pfirsich in die Hand und biß so rein. Sie hat es aber gemerkt. Die schaut genau hin, die Kleine.«

Nancy sog an ihrer Zigarette und senkte die Augen.

Gwyn sagte nichts. Wenn sich seine Mutter so verhielt, lebte sie in ihren Erinnerungen. Es war ihr Röntgenblick. »Ja«, sagte sie, »wenn wir alle unsere Rechte hätten, säßen die Scheckbücher bei anderen Leuten. Mein Bertram … der konnte seinen Pfirsich essen.«

Gwyn hielt den Atem an und versuchte, sich nicht zu bewegen, aber seine Mutter starrte scheinbar auf einen Punkt sechs Meter hinter dem Ofen und der Wand.

»Ja, Mam?«

»Was denn, Junge?«

»Oh … Verzeihung, Mam.«

»Hast du eigentlich die Arbeit erledigt?«

»Welche Arbeit?«

»Die Falltür.«

»Ja, Mam, gleich nach dem Frühstück.«

»Das möchte ich sehen«, sagte Nancy.

Sie gingen hinauf in Alisons Zimmer, klopften und

traten ein. »Ist doch ordentlich gemacht so«, sagte Gwyn, »Messingschrauben. Einverstanden damit?«

»Ja. Hast es gut gemacht.« Nancy setzte sich auf das Bett und legte ihre Hand auf das Gestänge. »Messingschrauben für den Sarg«, sagte sie.

»Ja, Mam.«

»Du weißt ja nichts, Junge. Die Teller waren für meine Aussteuer. Nicht, daß ich eine Aussteuer gebraucht hätte, aber er sagte: ›Da hast du sie für deine Aussteuer‹, sagte er, ›mögen sie denken, was sie wollen.‹ Mein Bertram kümmerte sich nicht soviel um all das.« Nancy schnipste mit den Fingern. »›Wir heiraten‹, sagte er und hörte nicht drauf, was sie sagten. ›Man sollte sie alle hängen‹ sagte er, ›wenn es ihnen nicht paßt, wissen sie ja, was sie tun können.‹ Aber er hat sie falsch eingeschätzt, mein Junge.«

»Was denn, wen denn, Mam?«

»Wenn es eine Gerechtigkeit im Himmel gäbe«, sagte Nancy, »säße ich heute an dem Tisch da und würde sagen: ›Die Kartoffeln sind kalt!‹ Ich und nicht die. Aber er hat sie eben falsch eingeschätzt, Junge.«

»Wen denn, Mam?«

»Diesen eifersüchtigen Idioten da draußen«, sagte Nancy, »diesen verrückten Narren. Freilich war es ein Unfall.« Sie trat ans Fenster und warf ihre Zigarette hinaus. »Aber was sind schon Pfundnoten auf einer Bank in London, die man mir als Abfindung auszahlen soll, verglichen mit einem Mann, den man sich endlich geangelt hat.«

16

Roger stellte sein Stativ wieder am Ufer auf. Alison stand im Schatten des Steines von Gronw zwischen dem Mädesüß. Clive stand im Fluß.

»Da täuscht ihr euch«, sagte Alison, »das würde Gwyn nie machen. Gut, er wird manchmal wütend, aber er würde nie mutwillig von sich aus das Bild zerstören.«

»Ach nein? Du hast ihn noch nicht erlebt, wenn er boshaft wird«, sagte Roger, »dem ist alles zuzutrauen, sage ich dir.«

»Komm, reg dich nicht auf«, sagte Alison, »willst du denn den ganzen Tag photographieren? Ich möchte mal rauf ins Gebirge.« – »Du interessierst dich ja ohnehin nicht für meine Abzüge, also was regt es dich auf?«

»Es ist langweilig hier. Und von den Blumen muß ich niesen, wenn ich noch lange hier rumstehe. Oben wird bestimmt etwas Wind sein.«

»Sofern du nicht schon auf dem Weg hinauf dahinschmilzt.«

»Hört doch mal mit eurem Gezänk auf«, sagte Clive, »kein Wunder, daß ich nichts fange.«

»Ich möchte rauf in die Berge, Clive«, sagte Alison, »und Roger besteht drauf, weiter seine Filme zu verschwenden.«

»Weißt du, was man sagt ... ein Mann ist, was er tut.«

»Ich möchte mal die Torfstraße rauf gehen«, sagte Alison, »von hier aus sieht man nicht viel von ihr. Es ist eine Schlangenlinie am Abhang des Gebirges. Sie stechen dort oben Torf und bringen ihn mit Schlitten zu Tal.«

»Heute auch noch?« fragte Clive.

»Ja. Sie benutzten Pferde. Es dauerte jedes Jahr vier Tage.«

»Woher weißt du das eigentlich?« sagte Roger.

»Es ist ja nicht mein erster Besuch hier wie bei dir«, sagte Alison. »ich bin mein ganzes Leben immer wieder hergekommen.«

»Dann wirst du ja wohl auch allein deinen Weg auf dieser faszinierenden Torfstraße finden, oder?«

»Warum muß das denn alles so laut vor sich gehen?« fragte Clive. »Ich würde sagen, Ali, wenn du gehen willst, dann geh doch, aber bleib auf der Straße. Gebirge können manchmal heimtückisch sein.«

»Kommst du mit, Clive?.

»Nein, nicht nach Nancys Essen. Ich weiß schon, daß hier heute offenbar keine Fische sind, aber ich bezweifle doch sehr, ob sie sich auf die Berge verkrochen haben.«

Alison ging am Flußufer entlang zu einem Pfad, der von einer Furt hinauf ins Gebirge führte. Der Pfad folgte dem Verlauf eines Baches zwischen Hecken zu einer Steinscheune und einer Schafdippe. Dann verlief er oberhalb des Baches und Alison kam ins Gebirge. Die Felder lagen unter ihr. Sie bewegte sich zwischen braunem Farnkraut, Steinen aus weißem Quarz und blühendem Dornbusch.

Der Pfad war die Torfstraße, jetzt eine eingesunkene Spur. Alison erklomm die Biegung, die man vom Fluß aus gesehen hatte. Schon waren Roger und Clive kaum noch als Farbflecke zu erkennen. Bald war sie um den Sattel herum und sah auch das Haus nicht mehr.

Alison rastete auf hervortretendem Schiefergestein. Die Torfstraße fiel nun ab zu einer Senke, die der Bach ins Gebirge gegraben hatte, führte aber fort vom Wasser. Es war ihr sehr heiß jetzt.

Da Alison das Haus nicht mehr sah, hatte sie keinen Anhaltspunkt dafür, wo sie sich befand, und Furcht überkam sie wieder. Kalte Räucherheringe.

Ja, es hilft. Kalte, kalte, kalte, kalte Räucherheringe.

Dennoch: Nichts verändert sich hier. Felsen und Farne. Es könnte vor tausend Jahren sein. Kalte Räucherheringe. Alison dachte daran, umzukehren. Sei nicht töricht. Es ist nur ein Stück so. Höher oben kannst du dann das ganze Tal überblicken. Und die Schafe mit den Farbflecken in ihrem Vlies. Das ist modern.

Ist es das?

Ist es das?

Alison schaute auf die Klippen über ihr. Von jeder zog sich eine Spur des vom Frost abgesprengten Schiefers über den Abhang. Etwas bewegte sich: etwas Dunkles, kein Schaf.

Alison schrie auf, aber nun klapperten Steine über ihren Weg. Auf dem Pfad stand eine Gestalt. Im ersten Augenblick war es nur eine Silhouette vor der Sonne.

»Alles in Ordnung, Mädchen.«

»Oh, du bist das, Gwyn!«

Er keuchte. »Was ist los? Hast du Pfeil und Bogen und zwei Wappenschilde mit blitzender, noch nicht getrockneter Farbe erwartet?«

»Ja! Fast!« Alison lachte. »Ich bin dumm!«

»Das kannst du noch einmal sagen. Aber du kletterst rasch.«

»Wie hast du denn gewußt, daß ich hier bin?«

»Ich habe eure Idylle dort unten belauscht. Ich brauchte dann nur an die Furt zu laufen, den Bach entlang zu rennen und mich hier vor dir zu verstecken. Das ist alles.« Gwyn riß eine Lage Moos ab und drückte es auf seine Braue. »Das mache ich jeden Morgen vor dem Frühstück und zweimal am Sonntag.«

»Gwyn, wir sollten nicht.«

»Sollten nicht: was?«

»Wir sollten überhaupt nicht miteinander sprechen.«

Gwyn stopfte sich das Moos zwischen die Zähne und verdrehte die Augen.

»Gwyn, bitte sei nicht so albern. Du weißt doch, daß wir uns nicht treffen dürfen.«

»Aber warum nicht? Bist du in Quarantäne wegen Blattern, oder was ist sonst los?«

»Mummy sagt, ich solle nicht mit dir reden.«

Gwyn starrte auf die Spalten und folgte ihnen mit dem Blick bis zum nächsten Bergabhang, dann ins Tal, ins Gebirge auf der anderen Talseite und schließlich geradewegs in den Himmel.

»Ich sehe sie nirgends«, sagte er.

»Gwyn«, sagte Alison, »ich gehe heim.«

»Gut«, sagte Gwyn, »dann werde ich mitkommen.«

»Nein.«

»Warum nicht?«

»Tu's nicht. Bitte. Was willst du denn?«

»Ich möchte, daß du zur Abwechslung mal du selbst bist«, sagte Gwyn. »Das möchte ich. Komm, wir ersteigen mal dieses alles verwandelnde walisische Gebirge.«

»Mummy wird wütend werden, wenn sie das herausfindet, und ich hasse es, ihr auch noch zusätzlich Aufregungen zu bereiten.«

»Das ist wohl das ganzjährige Kulturprogramm in deiner Familie«, sagte Gwyn, »nur Mummy nicht aufregen.«

»So etwas solltest du nicht sagen.«

»Ihr habt bisher nicht viel Glück gehabt, was? Mummy hat sich gestern aufgeregt, Mummy hat sich den Tag zuvor aufgeregt, und ich wette, Mummy wird sich auch heute aufregen. Ich frage mich, was für Freuden der morgige Tag für sie bringen wird ... Und dann dein Stiefvater, der ständig Ärger mit meiner Mam hat ... Er kämpft einen schweren Kampf. Sie ist das blaue Wappen im Schild.«

»Warum redest du immer so gemein über die Leute?« fragte Alison.

»Meine Mam, meinst du? Sie haßt, daß ich Grütze im Kopf habe.«

»Das tut sie nicht!«

»Mußt du ja wissen«, sagte Gwyn. »Was machst du denn, wenn du aus der Schule kommst, Alison?«

»Mummy möchte, daß ich ein Jahr ins Ausland gehe.«

»Aber was möchtest du denn?«

»Darüber habe ich noch nicht nachgedacht. Ich denke, ich werde ins Ausland gehen.«

»Und was dann? Zu Hause herumsitzen und für Mama Blumen stecken?«

»Wahrscheinlich.«

»Und Roger?«

»Er wird wohl zu Clive ins Geschäft gehen, nehme ich an.«

»Unerhört unternehmungslustig seid ihr«, sagte Gwyn, »legt euch ins Zeug wie Windhunde.«

»Was ist denn daran so falsch?«

»Nichts, nichts. Ich sage gar nichts dagegen, Mädchen.«

»Was hast du denn eigentlich so Wunderbares vor?«

Gwyn war still.

»Gwyn?«

»Was denn?«

»Ich lache dich nicht aus.«

»In Aber«, sagte Gwyn, »wollen sie, daß ich weiter gehe.«

»Weiter wohin?«

»Weiter zur Schule.«

»Ich sehe dich schon in dreißig Jahren«, sagte Alison, »dann hast du bestimmt eine Professur für Welsh.«

»Nicht ich. Ich muß raus hier. Hier gibt's nichts als Schafe!«

»Ich dachte, es bedeute dir so viel«, sagte Alison.

»Das stimmt schon. Aber von einem Gefühl kann man nicht leben.«

»Was willst du machen?«

»Im Augenblick ist es am wahrscheinlichsten, daß ich in ein paar Monaten hinter einer Ladentheke enden werde.«

»O nein!«

»O ja!«

»Warum?«

»Meine Mam hält das für einen guten Einfall.«

»Aber sie hat doch wohl dafür gearbeitet, daß du die Schule zu Ende machen kannst«, sagte Alison. »Warum denn all das wegwerfen?«

»Mam ist ehrgeizig«, sagte Gwyn, »aber ihr Horizont ist sehr begrenzt. Solange ich nur das Haus jeden Morgen in einem Anzug verlasse, ist Mam glücklich. Die anderen Jungen in der Straße tragen alle Overalls.«

»O diese törichte Frau!«

»Na, wer redet jetzt gemein?« fragte Gwyn.

Sie stiegen eine Weile bergauf, ohne zu reden.

»Daß es so etwas gibt!« sagte sie. »Bei mir ist immer alles so leicht gegangen ...«

»Nun reg dich mal nicht auf deswegen«, sagte Gwyn, »es ist ja nicht deine Schuld.«

»Was machst du denn, wenn sie dich zwingt, abzugehen?«

»Ich habe Pläne«, sagte Gwyn.

Sie waren jetzt auf der Höhe des Gebirges. Vor ihnen lag ein Plateau, wie mit Farben bespritzt, rot und schwarz, blau und braun und grün, Farbtöne, die sich in der Hitze zu bewegen schienen. Gwyn und Alison liefen auf ein Hünengrab auf einer Kuppe zu, weil dies der einzig markante Punkt in der Landschaft war. Es lag weiter entfernt, als es schien.

»Wenn es ein klarer Tag wäre«, erkundigte sich Alison, »wie weit könnten wir sehen?«

»Das weiß ich nicht«, sagte Gwyn, »aber das Grab dort ist die Grenze der Grafschaft.«

»Das Tal ist verschwunden«, meinte Alison.

»Das macht das Plateau. Es hat dieselbe Höhe auf beiden Seiten. Deswegen kannst du nicht sagen, was ein Tal und was nur eine Vertiefung im Gras ist, ehe du dort bist.«

Sie setzten sich und lehnten sich mit den Rücken gegen das Grab. Vor ihnen am Fuße der Kuppe stand ein schwarzer Fleck Wasser in einem Torfloch.

»Als du vor dem Lunch am Bassin warst,« wollte Alison wissen, »konntest du mich da im Wasser sehen?«

»Nein.«

»Von dort, wo ich saß, war es, als wären wir so nahe beieinander, wie wir es jetzt sind, und als würdest du mich beobachten.«

»Ich wußte nicht, daß du in der Nähe bist, bis ich dich am Fenster sah.«

»Du fuhrst mit der Hand ins Wasser und berührtest mein Haar. Dann wurde es durch die Kräuselung im Wasser ausgewischt.«

»Stell dir das mal vor«, sagte Gwyn. »... Ja, stell dir das mal vor! Alison, was meinst du, wie weit ist das Bassin vom Fenster entfernt?«

»An die neun Meter. Warum?«

»Weiter, als dieses Sumpfloch von dem Grab entfernt ist, auf jeden Fall«, sagte Gwyn, »und nicht viel höher. Steh mal auf.«

Alison stand auf.

»Kannst du dich sehen?«

»Nein.«

»Kannst du mich sehen?«

»Nein.«

»Sag mir, wenn du mich siehst.« Gwyn ging hinunter zum Wasser. Er stand am Rand des Teichs und beugte sich vorwärts, als Alison rief.

»Wie sieht es denn aus, verglichen mit deiner Spiegelung heute morgen?« fragte Gwyn.

»Ziemlich ähnlich.«

»Selbe Größe?«

»Ja. Ich sagte dir ja schon, es sah aus, als würden wir unmittelbar nebeneinander stehen.«

»Du hast doch mal Physik gehabt, oder?«

»Ein bißchen.«

»Dann wirst du es wissen, oder? … Das Bild eines Gegenstandes in einem Spiegel erscheint so weit hinter dem Spiegel wie sich der Gegenstand vor dem Spiegel befindet.«

»Und?«

»Wenn du dich also in dem Fischbassin selbst gesehen hättest, müßte es so ausgesehen haben, als wärest du 18 Meter davon entfernt, doppelt so weit wie in Wirklichkeit.«

»Ja?«

»Also hättest du unmöglich so groß ausgesehen wie ich. Hinzu kommt noch, daß du auch von den Winkeln her unmöglich deine Spiegelung hast sehen können. Du konntest sie nicht sehen, es sei denn, du hättest unmittelbar am Bassin gestanden.«

»Das Wasser glitzerte so«, sagte Alison, »aber ich sah

doch, daß ich es war … meine Haarfarbe, mein Gesicht … und, nun das war es eben.«

»Du sahst eine Blonde sich im Wasser spiegeln«, sagte Gwyn. »Ihr Haar hing ihr auf der einen Seite ins Gesicht, und sie hatte helle Haut. Das ist alles, worüber du Gewißheit hast.«

»Du bringst mich ganz durcheinander«, sagte Alison, »ich wollte dir davon erzählen, daß ich mich glücklich gefühlt habe, und bei dir wird es alles so gewöhnlich vor lauter Winkeln und Spiegeln.«

»Gewöhnlich? Mädchen, so töricht kannst du doch nicht sein! Wach auf! Du hast da die Frau von dem Bild gesehen. Du hast Blodeuwedd gesehen!«

»Nein, nein, nein, nein, nein …« Alison wandte ihr Gesicht gegen die Steine des Grabhügels. »Sprich nicht so zu mir. Ich bin es gewesen; mein Gesicht war es, das sich spiegelte … im Fenster. Hilf mir, Gwyn.«

»Ich will dir ja helfen, aber du hilfst mir nicht«, sagte Gwyn. »Diese Dinge verschwinden nicht damit, daß du deine Augen vor ihnen verschließt, Alison. Komm mal mit. Ich will dir etwas zeigen.« Gwyn begann über das Plateau hin auszuschreiten. Alison drängte sich an das Grab, als sei das eine Rettungsboje, aber als sich Gwyn weiter entfernte und in den Glast von Sonnenlicht eintauchte, rannte sie ihm durch den Sumpf nach.

»Gutes Mädchen!«

»Ich bin kein Pudel«, sagte Alison.

»Das ist besser«, sagte Gwyn.

Sie lachten.

»Hast du das Gemälde abgekratzt?« fragte Alison.

»Hast du die Muster auf den Tellern abgekratzt?« fragte Gwyn. Das Wasser lag hinter ihnen, und dürres Gras lag wie Blüten auf dem Gebirge.

»Es ist alles so groß«, sagte Alison, »alles, was sonst

so wichtig scheint, ist hier ganz unwesentlich. Es ist so groß!«

»Dann denk immer dran«, sagte Gwyn.

»Gebirge und kalten Räucherhering?«

Gwyn und Alison lachten wieder.

»Dein Stiefbruder ist ja manchmal auch unerhört charmant«, sagte Gwyn.

»Ach, Roger meint das nicht so«, sagte Alison, »hinterher tut es ihm leid. Er hat eine ziemlich schlimme Zeit hinter sich. Seine Mutter ist davongelaufen, weißt du, und Mummy sagt, die Zeitungen haben darüber geschrieben. Mummy nennt sie immer ›die Schöne von Birmingham‹.«

»Nette Dame, deine Mutter«, sagte Gwyn, »wie nimmt Roger denn das auf?«

»Sie sagt es nie vor Roger ... Jedenfalls nicht absichtlich. Er hat sehr an seiner Mutter gehangen.«

»Ja, er ist empfindlich«, sagte Gwyn, »Mensch, ich wünschte, meine würde sich aus dem Staub machen.«

»Warum tust du nur immer so?« fragte Alison.

»Ich?« erkundigte sich Gwyn. »Wir drei sind wohl alle recht lahme Enten, hört sich jedenfalls so an. Meine Beine brechen leicht, das ist alles.« Er fing an, mit einem vorgetäuschten Hinken zu laufen.

»Gwyn! Du bist unmöglich!«

»Quak«, sagte Gwyn.

»Wohin gehen wir? Ich darf nicht zu spät zurück sein.«

»Du hast einen guten Orientierungssinn, Mädchen. Wir laufen zum Tal, aber ein Stück von der Torfstraße entfernt. Du kannst jetzt sehen, wie sich das Tal öffnet. Oder? Halt auf den Felsen da geradeaus zu.«

»Warum? Was ist das denn?«

»Der Rabenstein. Du wirst gleich sehen.«

Das Plateau senkte sich zu dem hervortretenden Gestein hin ab, und dann …

»He!« sagte Alison.

Der Rabenstein war eine Masse vertikaler Schieferplatten, die am Rand des Tales vier oder fünf Fuß aufragten, eine Plattform dort, wo Gwyn und Alison ihn betreten hatten, aber an seinem Fuß fiel das grüne Gebirge steil fünfhundert Meter zum Fluß hin ab.

»Stark!«

»Nie hier gewesen?«

»Nie!«

»Nicht so übel, was?«

»Aber wie kann denn da Gras wachsen?« fragte Alison.

»Die Schafe sind das Problem«, sagte Gwyn. »Mostyn Lewis-Jones züchtet sie mit kürzeren linken Beinen, und bei denen von Gareth Pugh sind die rechten Beine kürzer. Da läuft ein Grenzzaun zwischen den beiden Höfen den ganzen Hang hinunter. Mostyns Schafe fressen von rechts nach links und Gareths von links nach rechts quer über den Hang.

Wenn sie an den Zaun stoßen, laufen sie rückwärts und fangen wieder von vorn an.«

»Ist das nicht grausam für die Schafe?« fragte Alison.

»Warum?«

»Ich meine, wenn sie dann mal auf ebenem Gelände laufen müssen.«

»Dann bekommen sie Stelzen angeschnallt. Altes walisisches Kunsthandwerk. Früher wurden sie an den langen Winterabenden geschnitzt, heute werden sie aus Plastik hergestellt.«

»Mann!« sagte Alison.

»Es läuft viel mehr in der Landwirtschaft, als die meisten Leute sich vorstellen«, sagte Gwyn.

»Ja«, sagte Alison. »Gwyn! Was ist denn los?«

Gwyn war in die Knie gegangen. Er fiel nach vorn, sein Kopf und die Arme hingen über den Rabenstein.

Seine Füße trommelten auf den Torf.

»Bist du krank?«

Gwyn war rot im Gesicht und zitterte am ganzen Leibe.

»Eine alte walisische Sitte!« japste er. »Heißt das Tränken der Sachsen.«

»Was! Oh!« Alison schlug ihm gegen die Schulter.

»Oh! Und ich habe dir geglaubt! Du ... Gwyn.«

Sie hingen jetzt beide über der Abbruchkante und scheuchten mit ihrem Gelächter die Schafe am Hang auf.

»Wehe, du erzählst jemandem davon!« sagte Alison.

»Das würde ich dir nie verzeihen. Oh, Stelzen ...!«

Sie schüttete sich wieder aus vor Lachen. Gwyn rollte sich herum und setzte sich auf die Kante des Steins.

»Keine Angst, Mädchen. Ich plaudere nichts aus. Aber das ist doch ein guter Witz!«

Alison richtete sich auf.

»Wenn es jemand anders gewesen wäre, hätte ich mich zu Tode geschämt«, sagte sie, »wenn es auf einer Party geschehen wäre ... ich habe dir wirklich geglaubt. Du sagst es keinem!«

»Nein. Es würde alles verderben.«

»Mann, das ist die komischste Sache seit Jahren.«

»Du bist ein merkwürdiges Mädchen«, sagte Gwyn. »Einen Augenblick bist du wie versteinert, und im nächsten kümmert dich überhaupt nichts. Ich nehme an, es ist wie mit dem Zahnweh: Wenn es aufhört, denkt man ja auch nicht mehr daran, bis zum nächsten Mal.«

»Es ist nur ... das: die Eulen«, sagte Alison. »Sie machen mir angst.«

»Ach, komm her, du merkwürdiges Mädchen«, sagte

Gwyn, »und hör jetzt mal: Wir hatten was zu lachen, und wir sind auf der Höhe des Gebirges, und es ist ein sonniger Tag. Kein Grund, sich vor etwas zu fürchten! Aber du mußt mir mal zuhören, denn bald müssen wir zurück.«

»Ich begreife jetzt, warum sich diese Täler so gut für Stauseen eignen«, sagte Alison, »alles, was man tun muß, um einen Stausee zu bekommen, ist, am unteren Ende einen Damm hinzustellen.«

»Auch nicht die taktvollste Bemerkung«, sagte Gwyn, »aber du hast verdammt recht.«

»Es fiel mir nur gerade so ein«, sagte Alison, »dieser dünne Faden Silber dort unten würde das Tal mit der Zeit füllen, und dann säßen wir am Rand eines Sees. Clive hatte unrecht. Das wäre genau der richtige Fleck, um zu fischen, besser jedenfalls als die Stellen, an denen er es versucht.«

»Ist dir aufgefallen, daß man den Fluß hört, selbst über eine so große Entfernung?« fragte Gwyn. »Und das Motorrad, das zum Paß hinauf fährt? Der Ton steigt auf. Hör mal auf den Fluß. Das bleibt immer. Wo immer du auch gehst, du wirst an dieses Geräusch erinnert. Du weißt, was du da hörst. Das ganze Tal ist damit in deinem Kopf. Es hört nie auf. Es hat nie aufgehört, seit es begann. Es war das letzte Geräusch, das Lleu Llaw Gyffes hörte, ehe er getötet worden ist. Gronw hörte es. Wir hören es jetzt.«

»Gwyn ...«

»Sst. Keine Angst haben. Hinhören.«

17

Mal angenommen«, sagte Gwyn, »nur mal angenommen, vor langer Zeit, vor Hunderten und abermals Hunderten von Jahren wäre irgend etwas entscheidend Wichtiges in diesem Tal geschehen. Nimm mal an, er hätte es fertiggebracht, Naturkräfte zu bändigen, sie unter seine Kontrolle zu bringen und eine Frau aus Blumen zu zaubern. Und nimm mal an, es sei schiefgegangen … die Kraft sei seiner Kontrolle entglitten, weil sie jetzt nicht länger neutral war. Wille und Empfindungen waren im Spiel. Mit neutral meine ich: wie eine Batterie. Du kannst sie dazu benutzen, eine Bombe zu zünden oder ein Ei zu braten, es hängt von dir ab.«

»Was ist denn das für eine Kraft?« fragte Alison.

»Das kann ich auch nicht weiter erklären«, sagte Gwyn. »Ich habe mal gesehen, wie in einer alten Garage in Aber eine Nessel wuchs. Ein blasses, kleines Ding war das. Aber es gab einen Riß im Betonboden.«

»Ich frage mich, wie er sich gefühlt haben mag, als er sah, was er da getan hatte«, sagte Alison. »Eigentlich Grund genug, um verrückt zu werden. Aber warum hat es nicht längst schon ein Ende mit all dem?«

»Ich glaube, es kann nicht zu Ende kommen«, sagte Gwyn. »Ich glaube, das Tal ist wirklich eine Art Reservoir. Das Haus, schau mal, genau in der Mitte; die

Gebirge ringsum schließen es ein, bewachen es. Ich denke, die Kraft ist immer da und wird immer da sein. Sie baut sich weiter auf und verlangt dann danach, freigesetzt zu werden. Und die überträgt sich auf Menschen. Ich habe schon zu Roger gesagt: Die Teller sind Batterien, und ihr seid die Drähte.«

»Wenn die Kraft in den Tellern ist«, sagte Alison, »habe ich sie herausgelassen. Dann müßte ja alles in Ordnung sein. O Gwyn, ist es das?«

»Nein. Das ist es ja, was mir Sorgen macht. So schnell geht es nicht. Die Kraft war in den Tellern und in dem Gemälde. Aber jetzt ist sie in uns. Deswegen sind die Muster verschwunden. Und Huw versucht, mit uns zu verhandeln.«

»Huw? Warum er?«

»Er ist ein Nachkomme von Gwydion oder von Lleu Llaw Gyffes: Es kommt auf dasselbe heraus. Du wirst es vielleicht nicht glauben, aber es muß so sein. Und sein ganzes Gerede ist etwas, woran er sich nicht so ganz erinnert, was er auch nicht ganz vergessen kann. Er versteht es nicht. Es ist mehr wie ein Instinkt in ihm. Es liegt tief. Zum Beispiel sagt er, das Gemälde habe sein Onkel gemalt ... nun, du hast gesehen, wie alt es war? Aber ich wette, er hat recht. Es ist nur die Frage, welcher Onkel.«

»Aber Huw ist ein Arbeiter«, sagte Alison.

»Was anderes könnte er denn hier sein?« fragte Gwyn, »für die Leute des Tales ist er keineswegs nur ein Arbeiter. Ich sage dir nur so viel: Es ist ein merkwürdiges Wort, das sie für ihn benutzen – ja, es heißt auch alt. Es gibt kein Wort im Englischen, das dem genau entsprechen würde. Es ist etwas zwischen ›Herr und Meister‹ und ›Vater‹ ... sehr respektvoll und freundlich, sehr klanhaft. Jedenfalls ist Huw verantwortlich.«

»Gwyn, bist du wirklich sicher, daß es so ist?«

»Natürlich bin ich nicht sicher. Wenn ich jetzt in Aber wäre, würde ich über die ganze Geschichte lachen und sagen, es sei alles Quatsch. Aber ich bin hier im Tal, und hier ist es eine Antwort, die paßt. Gib mir eine bessere Erklärung, und ich bin gern bereit, sie zu akzeptieren.«

»Du hast recht,« sagte Alison, »ich weiß es. Ich habe es gespürt, aber ich kann es nicht so mit Worten ausdrücken, wie du es kannst. Schau dir dieses kranke Tal an, Gwyn. Eingestürzte Gebäude, unbebautes Land. Auf dem Weg herauf sah ich zwei tote Schafe. Selbst der arme alte Clive fängt nicht ein einziges Fischchen. Vielleicht, wenn die Kraft wieder freigesetzt worden ist, werden alle Dinge wieder besser, bis zum nächsten Mal ...«

»Sprich nicht so, Mädchen«, sagte Gwyn.

»Wir sollten jetzt zurückgehen«, sagte Alison, »danke, daß du mir all das erzählt hast.«

»Du mußt dich nicht zu sehr davon beeindrucken lassen. Es könnte dich verbrennen.«

»Ich lasse mich nicht zu sehr davon beeindrucken.«

»Du siehst so elend aus.«

»Nein, ich war so glücklich heute nachmittag. Ich begreife jetzt, was sie fühlt, immer so allein. Kein Wunder, daß sie grausam ist. Was wird als nächstes geschehen?«

»Ich weiß es nicht«, sagte Gwyn, »wir müssen aufpassen.«

»Es wird schwierig werden, dich zu treffen«, sagte Alison, »meine Mutter gibt in solchen Dingen nie nach.«

»Das andere ist weit wichtiger als deine Mama«, sagte Gwyn. »Wenn irgend etwas vorfällt, mußt du einfach sofort kommen. Und wir werden uns jeden Tag an dem Sitz im Küchengarten treffen. Dort wird dich niemand sehen. Um welche Zeit?«

»Gegen vier«, sagte Alison, »meist legt sie sich nachmittags etwas hin.«

»Und nicht mehr den Kopf in den Sand«, sagte Gwyn.

»Ich werde es Roger erklären«, sagte Alison, »wir hängen da alle mit drin, oder?«

Gwyn stand auf. »Ich glaube schon. Ich bin nicht sicher, ob ich mich zurückhalten kann, ihm eins auf die Nase zu geben. Also besser, du sagst es ihm. Rot, schwarz und grün? Ich frage mich, wer da die Erde ist.«

»Tut mir leid«, sagte Alison, »ich bin da nicht ganz mitgekommen.«

»Versuch mal den Stecker bei deinem Plattenspieler auszuwechseln, wenn du einen hast. Da wirst du es sehen.«

»Es ist ein tragbarer«, sagte Alison.

»Ein tragbarer?« fragte Gwyn. »Ist er hier? Spielt er?«

»Ja. Warum?«

»Ich würde ihn mir gern für ein paar Stunden ausleihen«, sagte Gwyn, »falls es deine Mutter erlaubt. Komm, Mädchen. Wieder nach Haus, wieder nach Haus, tralalalala.«

Sie liefen zur Torfstraße zurück.

»Du könntest mal versuchen, etwas über diesen Cousin deines Vaters herauszufinden«, sagte Gwyn.

»Bertram?«

»Ja. Was ist aus ihm geworden? Was für ein Mensch war er?«

»Ich werde es versuchen«, sagte Alison. »Hat es etwas damit zu tun? Es gibt da ein Geheimnis. Mir ist aufgefallen: Wann immer man ihn erwähnt, wird Mummy plötzlich elegisch. Nicht, daß sie etwas sagen würde ... es ist so die Art, in der sie mit dem Kopf nickt. Ich glaube, es macht ihr Freude.«

»Na, schau halt mal, was du herauskriegst!« sagte Gwyn.

Sie blieben an der Schutthalde stehen, wo Gwyn sich versteckt hatte.

»*You take the high road, and I'll take the low road**« sagte Gwyn. »Und ich bin pleite noch vor dir … komm, Alison, nur Mut. Bitte, mach nicht so ein trauriges Gesicht.«

»Ich bin glücklich«, sagte Alison. »Ich möchte dich um etwas bitten.«

Gwyn verneigte sich.

»Warte jetzt am Hühnerhaus«, sagte Alison. »Ich werde mich beeilen müssen. Aber warte.«

»Wenn's weiter nichts ist«, sagte Gwyn, »nun, ich geh dann wohl besser.«

»Ja.«

»Bis morgen dann. Vier Uhr.«

»Ja. Und das Hühnerhaus.«

»Und das Hühnerhaus.«

»Gwyn.«

»Was?«

»Gib sie nicht auf: ich meine die Schule.«

Gwyn kam vom Hang zurück.

»Ich laß mir von ihr meine Chancen nicht kaputtmachen«, sagte er, »soll ich dir was sagen? Wenn ich hinter die Ladentheke muß … es gibt eine Abendschule. Und das ist nicht alles. Ich habe Pläne gemacht. Wenn sie mich in einen Laden steckt, wird mich niemand dort halten. Ich habe etwas gespart, und ich habe mir eine Serie Schallplatten gekauft. Ich werde mir auch noch einen Plattenspieler kaufen. Abendschule ist nicht alles. Ich sag dir etwas, Alison, was ich sonst nieman-

* Wortspiel mit dem Text des Volksliedes »Lough Loman«: »I'll take the high road, and you'll take the low road. And I will be in Scotland before you«.

dem sagen würde. Dir kann ich es sagen. Diese Schallplatten. Sie sind ein Sprachkurs. Damit ich ordentlich reden lerne. Darauf kommt es an. Darauf und auf die Abendschule.«

»Nein.«

»Was denn?«

»Es ist doch in Ordnung, so wie du redest, außer, wenn du es einsetzt, um Leute zu verletzen.«

»Aber ich bin doch ein Taff«.*

»Das macht doch nichts«, sagte Alison. »Ich mag das. Das bist ganz unverwechselbar du und nicht zehntausend andere Leute. Wirklich, Gwyn. Was macht das schon!«

»Es macht etwas ... solange ich es merke«, sagte Gwyn, und er polterte über die Halde hinunter zum Wasser ...

Alison sah ihm nach, bis er verschwunden war, dann ging sie die Torfstraße entlang, fort vom Gebirge, an der Scheune vorbei, an der Schafdippe, über die Furt und stieg durch den Garten zum Haus hinauf.

Drinnen im Haus war es dunkel und kühl, und Alison hörte den Teewagen im Salon. Sie sprang die Treppen hinauf, kam ein paar Sekunden später wieder zurück und schlüpfte durch die Garderobe hinaus.

Sie traf Gwyn an, der auf einem Baumstumpf bei der Hühnerhütte saß.

»Hier«, sagte Alison, »das wollte ich dir schenken.« Sie drückte Gwyn eine Schachtel in die Hand.

»Wofür?«

»Für heute.«

»Aber ich habe nichts für dich, Mädchen.«

»Macht nichts«, sagte Alison. Sie rannte durch den Wald zurück.

* Englischer Spitzname für die Waliser.

Gwyn öffnete die Schachtel. »Grüße aus dem Land der Lieder«, las er. Er drehte die Schachtel um. »Ein Kelticraft Souvenir«. Und dann in kleinerer Schrift auf dem Boden. »Made in England.«

18

Nicht die Bohne«, sagte Roger, »nichts außer siebenunddreißig Bäumen oben auf dem Berg. Es muß irgendein Zufall sein zusammen mit dem anderen Fleck.«

»Könnte schon sein«, sagte Clive.

»Aber bring mir doch einen anderen Film mit, wenn du einkaufen gehst«, sagte Roger. »Von Fichten habe ich jetzt genug, aber es gibt noch vieles andere hier ... einige hübsche Kompositionen.«

»Du hast ganz recht. Uups!« Clive schlug nach dem Ball und verfehlte ihn.

»Spiel und Satz«, sagte Roger.

»Puh. Es sind diese weiten Bälle, die mich schaffen«, sagte Clive, »ich bin zu sehr eingerostet für Ping-Pong.«

»Deine Spinner sind die gemeinsten, die ich je erlebt habe«, sagte Roger. »Der Ball springt nicht mal mehr. Wie kriegst du das hin?«

»Tja«, sagte Clive. »Branchengeheimnis. Wo ist Ali? Ich dachte, sie würde noch auf einen Sprung kommen.«

»Margaret ist mit ihr spazieren gegangen.«

»Oh, ich verstehe.«

»Dad, wann fahren wir heim?«

»Noch fast drei Wochen, oder?« sagte Clive.

»Könnten wir nicht auch zeitiger?«

»Warum? Macht es dir keinen Spaß hier?«

»Nein.«

»Was ist denn los? Das Wetter ist doch ausgezeichnet.«

»Das ist es nicht.«

»Kommst du nicht mit Margaret und Ali zurecht? Ich weiß, es ist zu Anfang immer ein bißchen schwierig … solche Dinge, weißt du. Am Ende renkt sich das dann noch ein.«

»Das wäre ja dort und hier dasselbe«, sagte Roger, »es ist die Gegend, die mich ganz krank macht. Ich muß hier raus.«

»Ach was«, sagte Clive, »du nimmst das zu schwer. Da muß jeder mal durch. Das geht vorbei.«

»Dad, bitte, laß uns heimfahren.«

»Das geht nicht«, sagte Clive, »wir haben uns auf drei Wochen eingerichtet. Es gäbe ein endloses Palaver, wenn wir das jetzt ändern wollten.«

»'ne Menge Arbeit für Margaret«, sagte Roger.

»Genau das«, sagte Clive. »Hallo, hier kommt meine Lieblingsprinzessin. Na, einen guten Spaziergang gehabt?«

Alison kam in den Tischtennisraum und hielt eine Box-Kamera an einem Riemen in der Hand.

»Ja, danke.«

»Gut. Wir sind gerade mit dem Spiel fertiggeworden. Wenn du spielen willst, muß Roger allein die Festung halten. Ich bin völlig erledigt. Er hat mich gejagt, bis ich anfing, blau im Gesicht zu werden. Ich kann den Punktestand ansagen, wenn du spielen willst.«

»Ich bin nicht wegen eines Spiels hereingekommen«, sagte Alison. »Roger, könntest du diesen Film für mich entwickeln, bitte?«

»Was, jetzt?«

»Bitte. Vor dem Tee. Mummy und ich haben Aufnahmen gemacht, und Mummy fragte, ob du es rasch machen würdest, damit wir sehen, ob sie etwas geworden sind?«

»Das geht nicht so einfach«, sagte Roger. »Das braucht Zeit. Muß das denn gleich sein?«

»Tu, was du kannst, auf dich ist doch immer Verlaß«, sagte Clive.

»Na schön«, sagte Roger, »aber ich weiß schon, was rauskommen wird … schlechte Belichtung, falsche Gruppierungen, zu weit vom Objekt, Sonne auf der Linse, verwackelt … all das.«

Sie gingen zusammen den Weg hinter den Ställen entlang, Roger blieb plötzlich an einer Tür stehen. Er legte sein Ohr daran.

»Dad.«

Clive und Alison kamen zurück.

»Hört mal. Könnt ihr was hören?«

»Drinnen bewegt sich etwas?« sagte Clive. »Geraschel?«

»Schritte?« fragte Roger.

»Hmh … nein.«

»Die Tür hat ein Vorhängeschloß, und auf einem anderen Weg kommt man nicht rein«, sagte Roger, »und letzte Woche habe ich das schon einmal gehört.«

»Wirklich? Ja dann, mein Junge,« sagte Clive, »dann laß uns jetzt doch rausfinden, was es ist.«

»Keiner der Schlüssel paßt. Ich habe es versucht.«

»Wollen doch mal sehen«, sagte Clive, »der alte walisische Tölpel ist da vorn. Ich werde ihn mal rufen.«

Er bog um die Ecke des Gebäudes.

»Hallo! Eine Minute bitte mal, ja?«

»Du siehst so grün aus?« sagte Roger.

»Ich rieche Benzin«, erwiderte Alison, »da wird mir immer übel.«

»Nun dann«, sagte Clive. Er kam mit Huw Halfbacon zurück.

»Diese Tür. Machen Sie sie mal auf.«

»Nein, Sir«, sagte Huw.

»Sie ist verschlossen. Wo ist der Schlüssel?«

»Kann man nicht öffnen«, sagte Huw. »Ist nur ein Zierschloß, verstehen Sie.«

»Ja«, sagte Clive, »wir ... wollen ... den ... Schlüssel.«

»Nein, Sir«.

»Den Schlüssel, Halfbacon. Wo ist der Schlüssel?«

»Fort, Sir.«

»Sie meinen: verlorengegangen?«

»Im Fluß«, sagte Huw. »In alten Zeiten. Sie hat die Tür verschlossen und den Schlüssel weggeworfen.«

»Aber warum zum Teufel?« fragte Clive.

»Ja, Sir. Entschuldigen Sie mich. Ich muß jetzt arbeiten, Mrs. Bradley hat mir was aufgetragen.«

Huw stolperte davon.

»Niemand«, sagte Clive, »niemand kann so beschränkt sein! Ist das eine Verschwörung?«

»Sie sind alle verrückt. Jeder einzelne von ihnen«, sagte Roger, »schon wie sie lächeln und ihre Köpfe schütteln. Sie brauchen gar nichts zu sagen. Man weiß nie, woran man mit ihnen ist. Bitte, Dad, laß uns packen und heimfahren.«

»Immer schön mit der Ruhe«, sagte Clive, »ich denke, uns fällt doch darauf noch etwas ein. Sie können sich ja nicht alle so aufführen wie er.«

»Meinst du?« entgegnete Roger. »Ich will dir mal etwas sagen. Es ist mir zufällig aufgefallen. Das hängt alles zusammen. Du weißt, daß ich jeden Nachmittag geschwommen bin ... nun, vor vier Tagen kam ich vom Fluß herauf über die Straße durch den Küchengarten, da seh ich doch zufällig diesen Burschen von Gwyn dort auf dem Sitz ... du weißt schon, dieser Sitz, der in den dichtesten Teil der Hecke nahe dem Haus eingelassen ist. Er saß da nur.«

»Na und, was ist denn dabei?« fragte Clive.

»Am nächsten Tag«, sagte Roger, »war er wieder da. Seitdem habe ich mal aufgepaßt, er kommt jeden Nachmittag um vier Uhr, setzt sich dort hin und sitzt dort eine halbe Stunde. Er tut gar nichts. Er sitzt nur da, schaut, und dann geht er wieder. Jeden Tag! Zur selben Zeit. Und man sieht: Seinen Spaß hat er nicht dabei. Er sitzt nicht etwa dort wegen der Aussicht. Wenn das nun der Hellste unter ihnen ist, was machen dann erst die anderen?«

»Hast du mal an den Verrückten gedacht, der jeden Tag um dieselbe Zeit in den Fluß springt, und dann stellt sich heraus: Er ist ein Spion?« fragte Alison.

»Gib mir den Film«, sagte Roger, »wollen mal sehen, was für ein Kunstwerk wir da haben.« Er ging fort mit der Kamera. Clive setzte sich auf den Rand des Fischbassins und rieb sich den Hals.

»Man sollte es nicht für möglich halten, daß in diesem Fluß nie ein Fisch anbeißt«, sagte er, »bei einem solchen Wetter, nicht der Hauch eines Windes. Ich weiß nicht. Wenn das so weitergeht, wird mir nichts anderes übrigbleiben, als die Bettler aus diesem Bassin herauszuholen.«

Alison setzte sich zu ihm. Sie schaute ins Wasser und dann hinauf zu ihrem Schlafzimmer.

»Merkwürdig, das mit der Tür«, sagte Clive, »ich hätte geschworen, daß da jemand drin war. Wozu wird denn das Zimmer benutzt?«

»Ich weiß nicht«, sagte Alison, »ich bin nie drin gewesen.«

»Ist es ständig abgeschlossen?«

»Ich kann mich nicht erinnern. Es gibt hier viele Zimmer, die leerstehen.«

»Merkwürdig. Ich lasse mich nicht gern vom Personal an der Nase herumführen, und dieser Bursche Halfbacon da ... er hat mir ganz bestimmt etwas vorgemacht.«

»Sein Englisch ist nicht sehr gut«, sagte Alison.

»So schlecht ist es nun auch wieder nicht«, meinte Clive. »Ha ja. Wer, sagte er, habe den Schlüssel verloren?«

»Sie«, antwortete Alison.

»Sie wer?«

»Sie niemand.«

»Nancy?« überlegte Clive. »Könnte ja sein. Ich werde sie fragen.«

Alison tauchte ihre Hand ins Wasser.

»Hast du Spaß an deinen Ferien?« fragte Clive.

»Ja, danke, Clive.«

»Drei Wochen, nicht wahr?«

»Ja.«

»Fast.«

»O ja«, sagte Alison.

»Hmh ... und wie gefällt es deiner Mutter?«

»Gut. Mummy liebt das Land ... Spaziergänge, Dinge aufsammeln. Heute haben wir Federn gefunden: hübsche cremefarbene mit braunen, gewellten Querstrichen an den Rändern.«

»Du möchtest also nicht zeitiger heim?« fragte Clive.

»Warum?«

»Kam mir so vor, als seist du ein bißchen durcheinander in letzter Zeit. Ich dachte, du wärest vielleicht nicht so recht glücklich hier.«

»Clive, du bist der netteste Mann, den ich kenne«, sagte Alison.

»Immer langsam, Mata Hari!« Sie lachten.

Gwyn kam den Pfad vom Küchengarten herauf. Er zögerte, als er Clive und Alison auf dem Bassin sitzen sah und schaute über seine Schulter. Dann ging er auf den Hof zu.

Clive bewegte sein Handgelenk.

»Zwanzig nach vier«, sagte er. »Schon so spät.«

Alison spielte mit dem Wasser.

»Ich denke, ich gehe mal rein und rede noch ein Wort mit Nancy, ehe es Tee gibt«, sagte Clive.

»Ich bleibe hier«, sagte Alison.

»Würd' ich am liebsten auch. Bei der weiß man nie, an was man gerade gerät.«

Als Clive gegangen war, beobachtete Alison die Spiegelung im Wasser. Zuerst versuchte sie auszumachen, ob sich das, was sie jetzt sah, von dem unterschied, was sie vom Schlafzimmer aus gesehen hatte. Aber als sie ihrem eigenen Blick standhielt, wurde es ihr von Minute zu Minute schwerer, wegzuschauen. Sie wagte nicht wegzublicken, weil sie wußte, daß sie selbst auch beobachtet wurde.

Was ist das? Etwas geschah. Etwas hörte auf. Etwas hörte auf. Was? Das Kratzen!

Alison drehte sich rasch um. Huw Halfbacon stützte sich auf seinen Rechen, den Kopf vorgestreckt, blickte er starr zu ihr hin. Alison versuchte, seinen Blick zu überwinden, aber am Ende mußte sie so tun, als habe sie an etwas anderes gedacht. Sie wandte sich um und sah geradewegs in ein anderes Paar Augen: Sie waren genauso intensiv blau. Es war Gwyn. Er stand am Eßzimmerfenster. Es lag keine Ruhe in seinen Augen, nichts von dem, was Alison aufgefallen war, als er dort gesessen hatte, wo sie jetzt saß. Huw stand immer noch dort. Alison fühlte sich zwischen den Blicken gefangen wie zwischen Zangen. Hört auf, mich anzustarren.

Wenn sie fort wollte, mußte sie entweder an Huw vorbei, um zur Vordertür hereinzugehen, oder sie mußte am Eßzimmerfenster vorüber, um zur Garderobentür zu kommen.

Sie schüttelte ihr Haar. Ein Motorrad fing an zu rattern, und das Geräusch kam die Straße herauf. Sie verzog die Nase wegen des Geruchs.

Huw und Gwyn beobachteten sie immer noch; aber der Zugriff der auf sie gerichteten Blicke hatte sich gelockert. Sie konnte sie ignorieren.

»Ah! Ah! Warum hast du mir das nicht gesagt? Wo habt ihr die denn aufgenommen?« Roger kam aus der Garderobe und hatte Arme und Brust mit Blättern von nassem Papier bepflastert. »Rasch! Hier. Was ist das?«

»Ach das«, sagte Alison, »ich hatte gerade noch ein Bild übrig, als ich von der Straße aus deine Bryn-Szene aufnahm. Wir sind dort vorbeigekommen. Du hast soviel davon erzählt. Einfach so. Ich richtete nur die Kamera ungefähr in die Richtung aus, hab nicht mal durch den Bildsucher geschaut. Es war nur, um mit dem Film zu Ende zu kommen.«

»Was ist das? Dort. Zwischen den beiden Fichten auf der Linken.«

»Warum denn die ganze Aufregung?« staunte Alison. »Es ist doch nur Gwyn.«

19

Das war schon etwas, den Speer so zu werfen. Gwyn hatte den Stein des Gronw gefunden, aber von dort, wo er auf dem Bryn zwischen den Bäumen stand, war er nicht von den anderen Felsen zu unterscheiden. Der Bryn beherrschte das Tal, und er konnte Alisons Bewegungen beobachten. Er war bereit, aber es gab keine Chance.

Dann wurde es Zeit, in den Küchengarten zu gehen. Sie kam nicht.

Tee. Als er sie neben ihrem Stiefvater am Wasser lachen sah, drückte Gwyn mit der Hand die Schachtel in seiner Tasche. So hatte sie auch auf dem Rabenstein gelacht. Er sah über seine Schultern auf den Punkt am Horizont, wo es gewesen war. Er hätte am liebsten die Schachtel zusammengepreßt, hätte gern die Muschel krachen hören, und er stellte sich vor, wie er über den Rasen ging. Er würde die Schachtel zwischen ihnen ins Wasser fallenlassen, wie Abfall, den man wegwirft.

Gwyn ging in Richtung Hof.

»Wo hast du den ganzen Nachmittag gesteckt«, fragte Nancy.

»Ich war draußen«, sagte Gwyn.

»Großartig war ich dran, niemand da, der mir geholfen hätte«, schimpfte Nancy.

»Ach, kipp doch tot um, du elende Kuh.«

»Bringen sie euch das auf dem Gymnasium bei?« fragte Nancy.

»Ich wünschte, es wäre so«, sagte Gwyn, »einen A-Kurs in Fluchen ... wäre direkt wert, das zu belegen.«

»Nun, jetzt nimm erst einmal den Teewagen hier.«

Gwyn schob den Teewagen ins Eßzimmer. Aus dem Dunkel des Zimmers schien es so, als säßen Alison und ihr Stiefvater da draußen angeleuchtet auf einer Bühne. Gwyn sah hin, und als Clive Alison verließ, ging er ans Fenster.

Schau her, Mädchen. Schau hier rüber. Schau, schau, schau. Alison studierte ihre Spiegelung. Während die Minuten verstrichen, schien sie mehr und mehr davon gefangengenommen. Gwyn hob die Hand, um ans Fenster zu klopfen, aber dann überlegte er es sich anders.

Nein. Mutter schleicht irgendwo herum. Machen wir es so. Ich werde dir zeigen, wer hier der Boß ist.

Schau! Wirst du herschauen!

Alison fing an unruhig zu werden. Sie war nicht länger am Wasser interessiert. Ja, so ist es, Mädchen ...

Als Gwyn in die Küche zurückkam, war seine Mutter nicht mehr da, aber er hörte sie oben in der Wohnung herumfuhrwerken, hin und her, wieder und wieder, dann ein Geräusch. Abermals Schritte. Sie war in Gwyns Zimmer. Gwyn ging hinauf.

Der alte Lederkoffer stand auf Nancys Bett, und sie riß Kleidungsstücke aus Schubladen und Schränken.

»Komm her«, sagte Nancy, »ich habe mit dir ein Hühnchen zu rupfen, mein Junge.«

»Was machst du denn da?« fragte Gwyn.

»Was wohl: ausräumen«, sagte Nancy. »Ich habe es ihm gesagt!«

»Gehen wir?«

»In 48 Stunden von morgen an. Und ich will keine Zeugnisse und keine Entschädigung.«

»Nur noch zwei Tage?« sagte Gwyn. »Zwei Tage nur? Mam, jetzt noch nicht. Bitte, Mam.«

»Wie hat er es denn rausbekommen? Was hast du wieder hinter meinem Rücken gesagt?«

»Nichts, Mam.«

»Niemand hat gesehen, was ich mit dem Schlüssel gemacht habe. Niemand. Du warst es. Mir ins Gesicht schön tun und denen dann Geschichten erzählen?«

»Nein! Mam. Was für einen Schlüssel?«

»Nach all dem, was ich für dich getan habe. Mit deinen Geschichten zu ihnen zu rennen. Du meinst wohl, du wärest einer von ihnen, was? Auch recht, mein Junge. Recht. Du weißt, wo du nächsten Monat anfängst. Das hat mir ein Ende, Junge!«

»Ich komm wieder, wenn du ein bißchen zivilisierter daherredest«, sagte Gwyn.

Er schaffte es, die Wohnungstür leise hinter sich zu schließen und die Treppe hinunterzugehen. Unten angelangt, setzte er sich auf die letzte Stufe und nahm seinen Kopf in die Hände; es gab nichts, was er sonst hätte tun können. Weit fortgerückt von seinen Gedanken hörte er Schritte, und Stimmen und Rascheln, und durch seine nassen Finger sah er vor sich ein Paar Schuhe, dann ging jemand um ihn herum. Das Holz knarrte. Er war wieder allein. Niemand hatte seinen Namen gesagt.

»Wirklich peinlich«, Roger schloß die Tür, »widerwärtig.«

Er legte die Abzüge auf das Bett.

»Hast du noch nie geweint?« fragte Alison.

Roger zog eine Nylonschnur und hängt die Abzüge daran auf.

»Noch nie?« fragte Alison.

»Sei nicht so idiotisch«, sagte Roger.

»Du hast meine Frage noch nicht beantwortet.«

»Vor Jahren vielleicht. In letzter Zeit nie. Und jedenfalls nicht in aller Öffentlichkeit.«

»Und was war, als deine Mutter ging?«

»Halt die Schnauze!«

»Werd nicht grob.«

»Du hast jedenfalls noch nichts dergleichen von mir gehört«, sagte Roger.

»Ich habe nur gefragt.«

»Und ich habe dir gesagt: Halts Maul.«

»Ich weiß nicht, warum du so empfindlich wegen deiner Eltern bist«, sagte Alison, »du hast dich doch ganz gut da rausgewunden.«

»Was soll das nun wieder heißen?« fragte Roger.

»Oder eben dein Vater«, meinte Alison. »Clive ist nett, aber er hat etwas von einem ungeschliffenen Diamanten, oder? Mummys Familie war sehr erstaunt, als sie ihn heiratete.«

»Ja, sie hat verdammt schnell angebissen für eine Witwe«, sagte Roger. »Haben Sparbücher immer eine so große Anziehungskraft auf sie ausgeübt?«

»Roger!«

Roger verteilte die Abzüge entlang der Wäscheleine.

Alison saß auf dem Bett.

»Ich sollte mal runtergehen und nachschauen, was mit Gwyn los ist.«

»So etwas fällt auch nur dir ein«, sagte Roger, »wenn ich du wäre, ich würde ihn in Ruhe lassen. Ein paar Tage, und du hast keine Probleme mehr.«

»Du bist widerlich.«

»Wenn du mich fragst, Ali«, sagte Roger, »ohne diese beiden Spinner werden wir es hier viel besser haben. Du wirst sehen. Sollte mich nicht wundern, wenn diese ganze Geschichte nur zwischen ihnen und diesem Schwachkopf Halfbacon abgesprochen ist. Um uns einen Schrecken einzujagen und dann den Schatz allein zu heben. Oder ist dies das Hauptquartier einer Schmugglerbande? Das Nervenzentrum des ungesetzlichen Whisky-Handels in Wales!«

»Du bist auch nicht im entferntesten komisch«, sagte Alison. »Du weißt genau, was Gwyn erzählt hat, gibt einen Sinn. Und du würdest dem sicher zustimmen, wenn es nur jemand anders gesagt hätte.«

»Was, dieses Gequatsche über Batterien und Drähte?«

»Du spürst auch, daß er recht hat«, sagte Alison, »ich weiß es. Aber du kannst es nicht ertragen, zugeben zu müssen, daß er klüger ist als du. Das ist dein Problem. Du hättest das nämlich nicht rausgekriegt.«

»Was soll das heißen: rausgekriegt? Diesen Mondschein? Diese Mausefalle? O ja, er ist schlau. So schlau. Noch am Tag, nachdem du die Teller gefunden hast. Schon am nächsten Tag. Er ist ja so schlau. Nun zufrieden?«

»Er spürt es instinktiv. Er gehört hierher.«

»Instinktiv? Daß ich nicht lache! Das ist doch gerade seine Masche. Seine und die von dieser Speckseite ... sie hören nie auf zu grunzen. Man kann sich auch in etwas hineinreden.«

»Wie jetzt.«

»Wie die Hölle.«

»Du bist töricht«, sagte Alison.

»Vielleicht bin ich töricht«, sagte Roger, »ich setze mich aber nicht flennend auf die Treppe.«

»Vielleicht hattest du noch nie Grund dazu.«

»Vielleicht, Ali. Bitte, laß uns damit aufhören. Okay, er ist intelligent, aber er ist nicht einer von uns, und er wird das auch nie sein. Er ist ein Flegel. Ein intelligenter Flegel. Das ist alles, was es dazu zu sagen gibt.«

»Was wirst du machen, wenn du mit der Schule fertig bist?« fragte Alison.

»Zu Dad gehen, natürlich.«

»Aber was würdest du machen, wenn du es dir wünschen könntest?«

»Habe ich dir schon gesagt ...«

»Ich meine, wenn es nur von dir abhängig wäre.«

»Ja. Gut. Was anderes.«

»Du photographierst gern«, sagte Alison, »und du kannst doch was auf diesem Gebiet. Möchtest du nicht Photograph werden.«

»Dazu wäre ich wahrscheinlich nicht gut genug«, sagte Roger.

»Das weißt du doch nicht, ehe du es nicht versucht hast.«

»Du meinst professionell? Und womit verdiene ich Geld? Es dauert Jahre, bist du es da zu etwas bringst. Außerdem, Dad hat schon alles für mich eingefädelt.«

»Ich meine es ernst«, sagte Alison, »mal angenommen, du wolltest ein Photograph werden, was würde Clive dazu sagen?«

»Der würde sich kringeln wie eine Tapete.«

»Und was würdest du machen? Würdest du dich dagegen durchzusetzen versuchen?«

»Etwa du gegenüber Margaret?«

»Ich weiß es nicht«, sagte Alison, »es ist schrecklich. Mir war noch nie etwas so wichtig.«

»Ich kann es immer noch in meiner Freizeit machen«, sagte Roger, »als ein Hobby. Wie bist du denn darauf gekommen?«

»Gwyn«, sagte Alison, »er hat mich aus der Fassung gebracht.«

»Du bist nicht die einzige, die er aus der Fassung gebracht hat.«

»Was meinst du, was mit ihm geschehen wird?« fragte Alison. »Was wird er machen?«

»Er wird Lehrer werden oder etwas in der Richtung.«

»Seine Mutter hat ihm gedroht, sie werde ihn aus der Schule nehmen und in einen Laden stecken.«

»Dann wird er eben in einem Laden arbeiten«, sagte Roger.

»Kannst du dir vorstellen, was das heißt?« fragte Alison. »Er muß alles selbständig herausfinden.«

»Wird ihm sehr gut tun.«

»Und das Schlimme ist, daß er das weiß; aber er weiß nicht, wo anfangen. Es ist gespenstisch. Er … er … ach Roger, stell dir vor … er hat gespart und sich einen Aussprachekurs auf Schallplatte gekauft.«

»Sollte man nicht denken, wenn man ihn so hört«, sagte Roger.

»Er kann die Platten nicht spielen. Er besitzt keinen Plattenspieler. Das ist es ja, was ich meine. Beschämt dich das nicht?«

»Eigentlich nicht.«

»Du riechst nach Benzin«, sagte Alison.

»Es mußte ja so schnell gehen mit euren Filmen«, sagte Roger, »es wird Methyl sein, nicht Benzin.«

»Es ist Benzin«, sagte Alison, »mir ist schlecht.«

20

Das Wetter war über Nacht umgeschlagen. Ein Wind kam und zog Wolken über das Gebirge.

Gwyn packte. Nancy ging schweigend umher und verrichtete ihre Arbeit mit einer Perfektion, die es im Haus unerträglich werden ließ.

Das Tal war versiegelt von Wolken.

»Es ist vier Uhr, Mädchen. Hast du nicht etwas vergessen?«

Alison ließ ihren Skizzenblock sinken. Gwyn stand auf der Schwelle des Salons. »Was tust du denn hier?«

»Ich stehe neben einer Chaiselongue.«

»Du darfst nicht hier sein«, sagte Alison.

»Tut mir leid, Fräulein. Wird mir jetzt gekündigt?«

»Mummy könnte kommen!«

»Na und, was soll's?«, sagte Gwyn. »Übermorgen bin ich ohnehin fort. Alison ... morgen: ein Tag noch. Wo hast du gesteckt, Mädchen?«

»Mummy hat uns oben im Gebirge gesehen. Sie hat uns durch einen Feldstecher beobachtet. Sie wartete auf mich ... und jetzt trau ich mich nicht. Ich trau mich einfach nicht. Gwyn, bitte, geh.«

»Ich gehe übermorgen, als erstes. Deswegen bin ich jetzt hier. Ich habe nichts zu verlieren.«

»Aber ich!« sagte Alison. »Du begreifst das nicht!«

»Besser, du erklärst es mir«, sagte Gwyn, »ich höre.«

»Geh raus …«

»Hübscher Feuerplatz«, sagte Gwyn. »Die Ziegel sind handbemalt, nicht wahr?«

Alison öffnete die Verandatür und rannte aus dem Haus auf die Auffahrt.

»Der Küchengarten liegt da drüben«, sagte Gwyn.

Er hatte sie nach ein paar Schritten eingeholt.

»Geh weg!« bat Alison, »man kann uns sehen.«

»Nicht unwahrscheinlich«, sagte Gwyn, »aber der Küchengarten ist hübsch und ruhig. Oder sollen wir hier bleiben? Dein Wunsch ist mir Befehl.«

Der Küchengarten lag am Ende eines Pfades unterhalb der Auffahrt. Er war von dem übrigen Grundstück durch eine Schiefermauer und eine Hecke abgetrennt. Ein Tor unterbrach die Hecke, die hoch, dick und tief war. Ein Sitz aus alten Schiffshölzern war in die Hecke eingelassen mit Aussicht über den Fluß und auf das Gebirge.

»Die Schlucht dort drüben … in der verstecken sich die Füchse«, sagte Gwyn, »das schwarze Versteck. Sie gehen am Wasserfall hoch. Die Klippen sind so steil, da kommt niemand an sie ran, und die Hunde verlieren ihre Witterung. Da liegen sie, bis es wieder sicher ist. Dann schleichen sie sich zur Höhe des Torfmoores davon. Schlau.«

»Was willst du?« fragte Alison.

»Du hast mich das vorhin schon gefragt«, sagte Gwyn, »die Antwort hat sich nicht geändert, wohl aber du.«

»Nein, Gwyn. Du verstehst das nicht. Ich wage nicht, dich zu treffen. Mummy droht mir, und sie spaßt da nicht.«

»Und womit droht sie?« fragte Gwyn. »Was kann sie schon tun? Dich in Ketten in den Familienkerker hängen? Dich in einen Turm einsperren? Heißt du etwa

Rapunzel oder so ähnlich? Also, was kann sie tun, Mädchen? Dich erschießen?«

»Du begreifst einfach nicht ...«

»Nein, ich begreife nicht. Ich begreife sehr wohl, was geschehen ist, seit wir oben im Gebirge gewesen sind. Geschenkt, Mädchen. Aber was kann sie denn nun noch Schlimmeres tun als in den letzten fünf Tagen? Nun los, sag mir das mal.«

»Mummy sagt ... wenn ich wieder mit dir rede ... wird sie dafür sorgen ... sie sagt, sie wird dafür sorgen, daß ich den Chor verlassen muß.«

»Was?« fragte Gwyn.

»Sie tut es. Ich werde nicht mehr in den Chor gehen dürfen. Und sie wird meinen Beitrag nicht bezahlen.«

»Beitrag?« fragte Gwyn.

»Na, den für den Tennisclub.«

»Club.«

»Du verstehst, Gwyn ...«

»Verstehst, verstehst, verstehst!« Gwyn stieß mit seinem Kopf jedesmal gegen das Holz. »Verstehst! Verstehst!«

»Mach nicht solchen Lärm! Hier kann uns jeder hören!«

»Glaubst du, das macht mir was aus?« fragte Gwyn. »Das hat sie also gesagt, deine Mutter?«

»Ja.«

»Und du hast ihr nicht gesagt, was sie dich mit dem Chor und dem Tennis mal kann?«

»Was meinst du?«

»Bist du deswegen diese letzten fünf Tage nicht gekommen?«

»Ich habe mich einfach nicht getraut, Gwyn.«

»Das hat es doch gegeben«, sagte Gwyn. »Wir waren dort oben in den Bergen. Das ist doch geschehen.«

»Freilich«, sagte Alison, »es war herrlich.«

»Und du hast mir die Schachtel gegeben«, sagte Gwyn. Er steckte seine Hand in die Tasche des Regenmantels. »Diese Schachtel. Warum?«

»Ich war glücklich. Ich wollte dir etwas schenken«, sagte Alison.

»Und den Chor und den Tennisclub«, sagte Gwyn, »das hast du dann dagegen abgewogen ... so ist es doch!«

»Es war Mummy. Ich ertrage es einfach nicht, ihr weh zu tun oder sie aufgeregt zu sehen.«

»Nein«, sagte Gwyn. »Nein. Schon recht, Mädchen.«

»Sei mir nicht böse«, bat Alison, »du machst mir angst, wenn du böse wirst.«

»Ich bin nicht böse«, sagte Gwyn. »Macht nichts. Hast du etwas über deinen Cousin herausgefunden?«

»Ja«, sagte Alison. »Er war sehr geschickt mit seinen Händen. All diese ausgestopften Tiere im Billardzimmer sind seine Arbeit, und er hat auch die Kästen gemacht.«

»Was noch?«

»Das ist alles. Mehr wollte Mummy nicht sagen.«

»Nichts darüber, wie er ums Leben gekommen ist?«

Alison schüttelte den Kopf.

»Soll ich es dir dann sagen?« fragte Gwyn.

»Weißt du es?« staunte Alison. »Wie hast du es denn herausgefunden?«

»Ich hab mit 'nem Penny nach einem Pfund gezielt«, sagte Gwyn.

»Ich war mir ziemlich sicher, daß meine Mam wußte, was da vorgefallen ist. Also habe ich ihr ein paar Zigaretten von deinem Stiefvater als Köder hingeschmissen. Sie hat nur daran geknabbert. Aber sie erwähnte diesen Bertram. Vor ein paar Nächten dann habe ich ein halbes Glas Portwein aus der Karaffe abgefüllt ... mehr braucht es bei ihr nicht. Da kommt sie in die Stimmung, die günstig ist, wenn man sie aushorchen will. Und das war's.«

»Was?«

»Nun, sie hat immerhin zugegeben, daß Huw ihn auf dem Gewissen hat, aber ich müsse mir keine Gedanken machen. Nein, Cousin Bertram erwischte es oben am Paß: Verkehrsunfall.«

»Ist das alles?« fragte Alison. »Nach der Art, in der Mummy immer ihre Augen rollte, habe ich gedacht, er müsse sich mindestens selbst umgebracht haben. Ich habe mir immer Geschichten über ihn ausgedacht. Er war in sie verliebt, sie mußte einen anderen heiraten. So sah er auf den Photographien nämlich aus. Sehr fesch.«

»Ein bißchen zu fesch«, sagte Gwyn, »du hast recht, wenn du sagst, er sei sehr geschickt mit seinen Händen gewesen. Er hatte dieses alte Motorrad. Eigenbau. Dann kam er eines Tages über den Paß ... und verfehlte eine Kurve, so heißt es. Er hatte seine Bremsen daheim gelassen. Das Rad bohrte sich in den Schiefer, er aber segelte ein paar hundert Meter abwärts ... Alison!«

Alison hielt die Augen zugepreßt, und ihr Mund war schmal geworden.

»Ich bin ein Narr«, sagte Gwyn, »ich wollte dich nicht aufregen. Ich wußte nicht, daß dir soviel an ihm liegt. Du hast doch gesagt, du hättest ihn nie gesehen.«

Sie richtete sich auf. »Es ist nicht das«, sagte sie. »Tut mir leid. Ich bin schon wieder in Ordnung. Es ist etwas anderes. Gwyn, ich muß gehen. Ich muß. Es ist Tee-Zeit.

»Du siehst krank aus«, sagte Gwyn.

»Mir ist gleich wieder besser.«

»Wirst du morgen kommen?« fragte Gwyn.

»Ich kann nicht.«

»Es ist nur noch morgen.«

»Ich trau mich nicht.«

»Ich gehe zurück nach Aber.«

»Ich weiß.«

»Morgen, Alison. Bitte. Begreifst du das nicht? Du mußt.«

»Hör auf«, sagte Alison, »hör auf, hör auf. Hört auf, mich zwischen euch hin und her zu reißen. Du und Mummy! Ihr macht noch so lange damit, bis ich nicht mehr weiß, wer ich bin, was ich tue. Freilich, verstehe ich! Jetzt. Aber danach fängt sie wieder an, und was sie sagt, leuchtet mir dann auch ein.«

»Ich will nur, daß du du selbst bist«, sagte Gwyn.

»Und was ist das?« wandte Alison ein. »Das, was du aus mir machst. Ich bin ein anderer Mensch bei Mummy, und ich bin ein anderer Mensch bei dir. Ich kann mich nicht wehren. Du drehst ja alles so, wie du es haben willst. Das ist nicht fair.«

»Wirst du kommen oder nicht?« fragte Gwyn. »Morgen. Es ist das letzte Mal.«

»Gwyn.«

»Bitte.«

»Und du, bunte Kuh?« rief Roger. »Hast du Kummer, Ali?«

Er stieg durch die Hecke auf der anderen Seite des Gartens.

»Was meint er?« fragte Gwyn.

»Nichts«, sagte Alison.

»Und du, bunte Kuh?«

»Nichts, Gwyn.«

»Tee, Ali«, sagte Roger.

»Ja. Ich komme.«

»Es grünt so grün«, sagte Roger, »wenn Spaniens Blüten blühn!«

»Was meint er denn, Alison?«

»Ich meine nur: ein schicker Regenmantel, den du da trägst«, sagte Roger, »die dem Trend entsprechenden kurzen Ärmel und diese die herausragenden Zehen betonenden Turnschuhe ...«

»Sei still, Roger«, sagte Alison.

»Was sollte das mit der Kuh und den Blüten in Spanien?«

»Jetzt sag nur, bis zu der Lektion seist du noch nicht vorgedrungen«, meinte Roger, »das ist doch bestimmt gleich auf der allerersten Schallplatte.«

»Roger!«

»Du hast es ihm erzählt?« flüsterte Gwyn. »Du hast es ihm erzählt? Ihm erzählt?«

»Nein!« sagte Alison.

»Du hast es ihm erzählt. Habt ihr tüchtig gelacht, was?«

»Nein, Gwyn.«

»Ich wette, ihr habt. Was denn sonst? Was war denn sonst lustig?«

»Du täuschst dich.«

»Du hast ihm bestimmt nichts über die Stelzen erzählt, oder? Nichts von dem, worüber du den großen Lachanfall bekamst.«

»Nicht so, wie du denkst, Gwyn. Ich schwör's dir, so war es nicht.«

»Du konntest gar nicht rasch genug heimkommen, nicht wahr?« höhnte Gwyn.

»Du bist wirklich nicht recht im Bild«, sagte Roger, »soviel hat Ali nun auch wieder nicht erzählt. Ich meine, ich weiß beispielsweise nicht, ob du das komplette Improva-Prole-Programm hast oder den kürzeren Kurs von Oiks-Übungen, damit du im Laden besser vorankommst. Davon hat sie nun wirklich nichts gesagt.«

»Alison«, Gwyn wich vor ihnen zurück. »Alison.«

»Gwyn. Schau mich doch nicht so an. Schau nicht so.«

»Alison.«

»Schau mich nicht so an … Bitte nicht. Ich ertrage das nicht.«

»Alison.«

»Nicht … nicht so anschauen … nicht. Hör auf. Roger! Er soll damit aufhören. Roger, zwing ihn dazu. Zwing ihn! Zwing ihn! Zwing ihn!«

»Aber Ali, ist ja alles in Ordnung. Beruhige dich doch. Alles in Ordnung, Ali. Er hat doch gar nichts gemacht. Er ist weg. Ich hab dir doch gesagt, daß er ein Flegel ist.«

21

Er preßte sein Gesicht ins nasse Gras. Er sog Luft ein, lag zwischen Farnen, das eine Knie, ohne daß es schmerzte, hart gegen den Schiefer gepreßt. Er schaute durch die Beuge seines Ellbogens und sah das Haus weit fort. Die Wolkendecke hing nur einige Meter über ihm, wie Rauch. Er wußte nicht mehr, wie er ins Gebirge gekommen war. Außerhalb des Tales würde er in Sicherheit sein; er würde dann Pläne machen können, wohin er gehen sollte, was essen, wo schlafen!

Die Wolke trieb mit ihm. Sie war ihm immer voraus, nahm ihm die Sicht. Das Gebirge war offen unter ihm bis hinab zum Haus, aber er konnte nicht hinsehen. Er hielt sich mit dem Rücken zum Tal. Er setzte Fuß um Fuß auf den Hang, und er tat dies, als ob nichts anderes zähle.

Er rastete, als er wußte, daß das Haus verschwunden war. Der größte Teil des Tales war von dort aus, wo er sich an der Kante des Plateaus an den Quarzfelsen lehnte, nicht mehr zu sehen. Er hielt ein Kleeblatt in der Hand, riß die Blätter ab, griff nach einem anderen, und eben da sah er, wie eine weiße Linie Blumen an dem Fels vorbei in die Wolken hinein wuchs.

Er kniete sich bei einer Blume hin, aber seine Hand fuhr zurück, denn das Gras rund um den Klee war niedergedrückt. Der Klee selbst stand frei da. Während er hinsah, richtete sich ein Halm auf, so als sei eine Last von ihm genommen. Er ging ein paar Schritte bergab. Seine Füße traten Gras nieder und Blumen, aber wo er noch nicht hingetreten war, stand der Klee über dem Gras.

Weitere Halme richteten sich auf, als seien sie nur von einem leichten Schritt niedergedrückt worden.

Irgend jemand ist da, nicht wahr?

Er lief neben der weißen Spur, und die Wolke bewegte sich vor ihm wie ein Rock, bis er auf dem Plateau war. Der Grund war eben. Er mußte jetzt nicht mehr klettern, der Nebel stieg vom Gebirge auf.

Er sah über das Moor, das Wasser und die Binsen, und es war niemand im Gebirge außer ihm. In der Ferne scheuerte eine schwarze Sau ihre Flanke gegen das Hünengrab.

Gareth Pughs.

Nun denn. Welche Straße?

Welche?

Er sah Gebirge, wohin er auch blickte: nichts als Gebirge, weit, weit hin, die Gipfel manchmal verhüllt, aber dahinter abermals Berge und Berge und so fort in alle Verlassenheit. Nirgends in der Welt konnte man hin.

»Alison ...«

Er stand da, und der Wind fuhr kalt durch ihn hindurch. Er schaute wieder, aber da war nichts, und der Himmel rutschte tiefer, die öden Fernen verbergend, die Hügel mit Geistern krönend. Dann riß es wieder auf, und er schaute wieder. Nichts. Selbst das Schwein war fort.

Er stolperte über den Berg. Denen werde ich's zeigen! Du könntest hier sterben, und wen würde das kümmern? Sie etwa?

Es war nicht seine Absicht gewesen, den Rabenstein aufzusuchen. Er kam hin, als er nicht mehr als drei Schritte weit sehen konnte. Er spürte den Wind, der die Wolke forttrieb, und da lagen das Tal und das Haus. Für einen Moment verlangte es ihn danach, zwischen den Feldern und Bäumen zu sein, unter Menschen, fort von dem Moos und den feuchten Stellen im Sumpf. Aber die Schafe zogen von links nach rechts über die Hänge. Die besondere Züchtung. Die kalte Wut kam ihn wieder an. Die Bauern riefen ihre Hunde. Die Geräusche stiegen auf aus dem Tal. »Da, Ben. Da, Ben. Gut, Ben«, und er sah die Hunde ausschwärmen durch die Farne, schwarz und weiß unter dem Grün. »Da, Ben. Mädchen. Gutes Mädchen. Da. Da. Da.«

Die Hunde änderten auf den Pfiff hin ihre Richtung. Er hielt nach den Männern Ausschau, aber da waren nur Berge. »Bob, dort. Bob. Mädchen, gut. Mädchen, dort!«

Als die Hunde die Herde erreichten, drängten sich die Schafe zusammen. Die Hunde bildeten eine gekrümmte Linie. Die Enden der Linie wiesen hinauf in die Berge. »Dort, dort, dort, dort. Ben, Mädchen, Ben. Dort. Bob, Bob, Bob.« Die Pfiffe folgten scharf und eindringlich. Die Hunde liefen an den Schafen vorbei, kümmerten sich nicht um sie, die Enden der Linie wiesen zum Rabenstein. »Dort, Ben. Dort, Ben. Gutes Mädchen.«

Er blickte sich um. Oben waren keine Schafe.

»Bob, bleib, Bob. Dort, Ben, dort, Ben. Mädchen, dort. Mädchen.«

Die Hunde kamen zum Rabenstein. Hechelnd rollten sich ihre Zungen bei der Steigung, aber sie kamen, und als sie nahe waren, ließen sie sich auf ihre Bäuche nieder und krochen. Sie bewegten sich mit kurzen Spurts, die Augen auf etwas gerichtet.

Er konnte nicht alle gleichzeitig im Auge behalten. Sie liefen am Rabenstein vorbei, wendeten und rannten dann auf ihn zu, niedrige rasche Pfeile von allen Seiten. Als er einen Hund anblickte, blieb der stehen.

Die beiden anderen kamen näher, legten sich hin, wenn er sie ansah. Der erste kam heran.

»Hau ab.«

Er bewegte seine Arme.

»Ben. Gut. Ben. Da, Ben.«

Ein großäugiger Hund erreichte ihn als erster, er biß ihn in den Knöchel und rannte fort. Er wollte ihn treten, aber Zähne kniffen ihn in die Wade.

»Mädchen, Mädchen, dort, Mädchen.«

»Rufen Sie Ihre verdammten Hunde zurück!«

Aber seine Stimme verlor sich in der Wolke, und der Wind trug sie über das Torfmoor.

Zwei Hunde stürzten sich auf ihn, und er fiel vom Rabenstein durch das steile Gras, rutschte zwanzig Meter abwärts, Himmel, Gras, Gebirge und Laute wirbelten vorbei, dann stand er wieder auf seinen Füßen, und sein eigenes Gewicht trug ihn hinunter. Das Pfeifen wurde lauter, aber die Hunde waren still. Sie verharrten, den Bauch auf dem Boden, sprangen auf, bissen ihn und waren wieder weg.

»Gut, Ben. Gut, Mädchen. Ben, Ben, dort, Ben. Gut, Bob.«

Vom Gras zu den Halden und den Farnen, wieder ins Gras, über die Bäche trieben sie ihn. Wenn er Steine nach ihnen warf, knurrten sie und bissen nur noch wilder zu. Er rannte, fiel, rannte ein Stück den Fluß hinab, aber er konnte sie nicht abschütteln. Kein Mensch war zu sehen, aber die Rufe und das Pfeifen waren nahe. Die Hunde liefen die Straße hinauf, sprangen auf und nieder, mit gefletschten roten Lefzen, zurück, zurück, zur vorderen Auffahrt – und dann ließen sie von ihm ab. Sie hoben ihre Beine am Gatterpfosten und pinkelten in die Wiese.

»Gut, Ben. Gut, Mädchen. Gut, Bob. Hier. Hier. Gut, Ben.«

Wer schickte sie aus? Wer sagte ihnen, daß er unterwegs war. Wer sagte es? Wer wußte? Es verlangte ihn nach Schlaf. Plötzlich wollte er nichts, als nur schlafen.

Schlaf, Essen. Wer wußte, daß ich nicht zurückkommen würde? Sie wollen mich doch gar nicht haben. Was wollen sie? Haben sie mir vorhin die Hunde nachgeschickt? Wer hat es ihnen gesagt? Wer?

22

Da seid ihr ja«, sagte Clive, »ich habe schon nach euch gesucht.«

»Laß gut sein, Dad«, sagte Roger. Er nahm den Ellbogen zurück und spreizte seine Finger über das grüne Tuch. Als er mit dem Queue zustieß, sagte Alison: »Hallo, Clive.«

Das Queue sprang von der Billardkugel ab.

»Das hast du absichtlich gemacht«, sagte Roger, »du hast mich in meiner Konzentration gestört.«

»Ach was«, sagte Clive. »Ein schlechter Arbeiter schiebt es immer auf das Werkzeug. Das ist ein Queue und keine Schaukel. Schau mir mal zu. Das Queue hatte Spiel: vorwärts, rückwärts: ein/zwei/ein/zwei: eben lassen, nicht das Ende hochnehmen: und ...« Er spielte fünf Kugeln an und schickte die rote ins Loch.

»Clive, du bist brillant«, sagte Alison.

»Beweis für eine vergeudete Jugend, sagt man gewöhnlich.«

»Warum hast du nach uns gesucht?« fragte Roger.

»Hm ... ja«, sagte Clive, »nehmt euch ein bißchen zusammen in den nächsten Tagen.«

»Wessen werden wir beschuldigt?« fragte Roger.

»Oh, gar nichts. Aber bis Ihre Majestät abgedankt hat, ist alles etwas heikel.«

»Was ist denn geschehen?« fragte Alison.

»Nichts. Sie nimmt es jetzt genau nach Vorschrift. Das ist alles.«

»Ich verstehe nicht«, sagte Alison.

»Nancy hat sich bei Margaret beklagt. Die Küche sei ihr angestammtes Revier, bis sie uns verläßt. Also keine Safaris, ja?«

»Dad, was soll das?«

»Sie sagt, aus der Speisekammer seien Brot und Käse verschwunden.«

»Das war ich aber nicht«, sagte Roger.

»Ich auch nicht«, erklärte Alison.

»Ich rege mich gar nicht auf«, sagte Clive. »Wir werden das morgen wieder auffüllen. Die nächsten Tage werden wir schon überstehen, nicht wahr?«

»Nein«, widersprach Roger, »das wird jetzt mal ausgetragen.«

»Wirklich, Clive«, sagte Alison.

»Ach. Ist doch kein Grund zur Aufregung.«

»Vielleicht ist es die leichtfingrige Soundso, die die Sachen hat mitgehen lassen«, sagte Roger.

»Es wird Gwyn sein«, sagte Alison. »Ich weiß, daß er ... Sachen mitgehen läßt.«

»Wirklich?« fragte Roger. »Mal einen Augenblick. Hast du dir meinen Anorak ausgeliehen?«

»Nein«, sagte Alison.

»Ich habe gesehen, daß er nicht in der Garderobe hängt. Wenn er ihn hat, schlage ich ihm die Zähne ein.«

»Laß es,«, sagte Clive, »übermorgen sind wir sie los. Hat doch keinen Zweck, deswegen soviel Aufhebens zu machen. Kommt ihr zum Essen?«

»Ha! Da ist noch etwas, was er bestimmt hat mitgehen heißen«, sagte Roger, und als sie durch die Garderobe gingen, öffnete er den Deckel von der Munitionskiste beim Holzkorb. »Tatsächlich, Dad! Meine Kletterschuhe sind auch fort.«

»Ich werde mich heute abend mal mit ihm unterhalten«, versprach Clive.

»Da wird aber eine längere Unterhaltung nötig sein«, meinte Roger.

»Klarer Kurs. Kein Grund zur Aufregung.«

»Falls sich jemand aufregen sollte«, erklärte Roger, »wird sie sich halt aufregen müssen. Ohne Zweifel werden wir es überleben.«

»Du, nimm dich zusammen«, sagte Clive.

»Einmal gebissen, doppelt vorsichtig. Ist das dein Motto, Dad?«

»Schluß«, sagte Clive, »rauf mit dir. Wenn du geneigt sein solltest, mit uns zu essen, schau bitte, daß du fertig bist, wenn gegongt wird. Dies ist eine zivilisierte Mahlzeit. Wir erwarten nicht rotznäsige Kinder, die keine Manieren haben!«

»Natürlich, Vater«, sagte Roger. »Gute Nacht.«

»Tut mir leid«, sagte Clive, »er wird sich entschuldigen.«

»Es macht nichts. Clive«, sagte Alison.

»Nun hör mal, Prinzessin. Festzustellen, ob es etwas macht oder nicht, das mußt du schon mir überlassen. Ist das klar, ja?«

»Entschuldigung.«

Huw Halfbacon klopfte an die offene Tür.

»Ja, was ist denn?«

»Entschuldigen Sie, daß ich frage«, sagte Huw, »ist der Junge hier?«

»Welcher Junge? Meinen Sie Gwyn?«

»Ganz recht, Sir.«

»Ich denke doch.«

»Wir haben ihn am Nachmittag herunterholen wollen, und ich frage mich, ob er jetzt hier ist.«

»Ich denke, er ist auf einer Wanderung«, sagte Alison.

»Ach ja?«

»Er hat sich Kletterschuhe ausgeliehen.«

»Ach«, sagte Huw.

»Als ich ihn das letzte Mal gesehen habe«, erklärte Clive, »pennte er nach dem Tee da an der Auffahrt. Zuerst dachte ich, er sei krank, aber er schnarchte … aus vollem Hals.«

»Ja, Sir.«

»Da Sie gerade schon hier sind«, sagte Clive, »ich denke, Sie werden doch eine andere Haushälterin für uns auftreiben können, oder?«

»Sind Sie mit ihr nicht zufrieden?« fragte Huw. »Das tut mir leid.«

»Sie hat gekündigt. Hat sie Ihnen das nicht gesagt? Morgen gehen sie weg.«

»Sie spricht nicht mit mir«, sagte Huw.

»Aber Sie können doch jemanden auftreiben, Halfbacon?«

»Nein, Sir. Entschuldigen Sie mich bitte. Ich muß arbeiten.«

»Arbeiten?« sagte Clive. »Um diese Zeit? Hören Sie denn nie auf?«

»Doch, Sir. Entschuldigen Sie, wann geht sie weg, welchen Tag?«

»Übermorgen nach dem Frühstück.«

»Nach dem Frühstück«, wiederholte Huw. »Gut, gut, Sir.«

»Schauen Sie mal, Halfbacon«, sagte Clive, »bitte nehmen Sie zur Kenntnis: Diese Überstunden, das ist ganz allein Ihre Sache. Wenn Sie meinen, daß ich Ihnen deswegen etwas drauflege beim Gehalt, haben Sie sich getäuscht.«

»Nein, Sir«, sagte Huw. Er ging fort. »Nein, nein, ich erwarte nichts. Ich habe da meinem Onkel etwas zu helfen. Gute Nacht, Sir. Gute Nacht, Fräulein.«

»Puh«, sagte Clive«, solche Leute treiben mich zur

Weißglut. Es ist dasselbe im Geschäft. Man weiß bei ihnen nie, woran man ist. Nie geben sie eine Antwort geradeheraus. Man weiß auch nicht, wann sie höflich und wann sie unverschämt sind.«

»Kalt«, sagte Alison.

»Eh? Was?«

»Kalter Räucherhering.«

23

Er saß hinter einem Dornbusch hoch oben im Tal und wartete auf die Dämmerung. Den ersten Teil des Aufstiegs in die Felsen hätte man von den Höfen aus sehen können. Er aß etwas von dem Käse und schöpfte Wasser mit den Händen aus dem Bach. Er trug seine Hemden, einen Pullover darüber und den Anorak; zwei Hosen waren mit den Beinen in die Socken gestopft. Diese Stiefel waren ganz in Ordnung.

Er hatte sich unten in der Nähe des Baches gehalten. Er hatte keine Hunde gesehen, keine Stimmen hatten gerufen, und niemand hatte gepfiffen. So weit war es leicht gewesen, aber nun mußte er das Schwarze Versteck ersteigen, und das Geräusch des Wassers hämmerte auf ihn ein.

Es war dunkel genug, um sich zu bewegen. Es hatte seit mehreren Wochen kaum Regen gegeben, und die Bachbetten begannen auszutrocknen. So konnte er zwischen dem losen Schiefer der Klippen und dem Schaum des Wassers hinaufsteigen. Klippen und Geröllhalden … darauf waren die Füchse aus. Er stieg über ein flaches Felsband, das von den Wasserfällen abgeschliffen und ausgehöhlt worden war. Auf beiden Seiten ragten die verwitterten Stützpfeiler vom Schwarzen Versteck über ihm auf und fielen unter ihm ab.

Er ruhte aus auf einem flachen Stein. Seine Beine baumelten über dem Abhang. Lampen leuchteten in den Häusern auf. Gemütlich dort unten, nicht wahr. Ihr könnt mich nicht berühren. Mit euch bin ich fertig. Er aß etwas und begann wieder zu klettern. Die Spitze des Schwarzen Verstecks zeigte sich, eine Kerbe vor dem Himmel, und dann verschwand sie wieder, als er nahe an den Bach herankam, unter dem Wasserfall: sechs Meter und kein Durchkommen, wenn er nicht zur Felsspitze auswich. Die Stützpfeiler drängten sich im Wasser.

Wie schaffen das die Füchse nur?

Der Stützpfeiler war nicht senkrecht. Er sah, daß ein Tier es mit Anlauf schaffen konnte. Die Oberfläche bot genügend Halt.

Aber du bist kein Fuchs, Mann!

Er rannte mit Anlauf hinauf und kam etwa bis zur Hälfte. Da hing er. Er umarmte den Fels. Seine Zehen suchten Halt, seine Finger gruben sich tiefer ein.

Er wandte den Kopf zur Seite. Aus den Augwinkeln sah er hinunter. 60 Meter. Wie stehen die Chancen? Wenn er abrutschte, würde er über ein Reibeisen sausen.

Seine Hände rissen Tonstücke aus dem Fels, seine Füße strebten weiter auseinander.

Die Lampen blinkten vom Tal herauf.

Er schob seinen Kopf nach oben. Der Fels des Wasserfalls war fast doppelt so groß wie er selbst. Aber man konnte sich da nirgends festhalten.

Warum regst du dich auf? Zehn Sekunden, und du hast es geschafft oder auch nicht. Entweder es hält, oder es hält nicht. Was ist denn dein Problem?

Nichts, Mann. Eins, zwei, drei, hopp! Er spuckte vom Felsen hinunter auf den Wasserfall. Wo seine Hände und Füße die Wand berührt hatten, war nichts zu erkennen, was Halt zu geben schien. Nur die Rillen im Tonschiefer.

Er stand an der Kante und ließ Steine hinabrollen, um zu sehen, wie weit er gefallen wäre. Dann warf er Steine in Richtung des Hauses. Es war ungefähr eine Meile entfernt, aber ehe sie in eine der Spalten fielen, machten sie einen hohen Bogen, und es sah so aus, als würden sie treffen.

Erstaunlich, was man schafft, wenn man es nur versucht: Als ob's mich kümmerte.

Er wandte sich vom Tal ab und kletterte weiter. Er war jetzt nahe der Spitze des Schwarzen Verstecks, und das Wasser verlor seine Wildheit. Bald würde er zu den feuchten Stellen im Torfmoor kommen, und dort würde er dann die Felsen sehen, die die Stelle markierten, an der eine Frau im Schneesturm umgekommen war. Dann war er schon nahe jener Linie mit Schiefersteinen, die im Moos steckten und über das Gebirge ins andere Tal hinüberwiesen. Von diesem Tal aus würde er die Hauptstraße erreichen, Autostop machen und am nächsten Morgen in Aberystwyth sein.

Auf der Anhöhe des Schwarzen Verstecks lief eine tiefe Steinrinne gegen das Plateau hin. Hinter ihm fielen die Spalten zum Tal hin ab, und über ihm hielten die Grashauben der Pfeiler das letzte Tageslicht fest.

Er ging vorsichtig weiter, achtete darauf, nicht naß zu werden, aber die Rinne lag voller Felsen, und wenn einer der Steine sich unter seinen Füßen rührte, wich er zur Tonschieferwand aus und vergaß seine nassen Füße. Er war auf die schwarze Sau getreten. Das Tier quiekte gellend und versuchte, auf ihn loszugehen. Es bekam seine Flanken nicht so rasch aus der Grube, in der es gelegen hatte. Aber er glitt auf jene schnaubenden Kinnladen zu und schluckte von dem Schiefer, den er losgetreten hatte, als er versuchte, seinen Sturz abzubremsen.

Er sah den Kopf von der Seite, die Zähne wie zerbrochene Flaschen. Die beißen übel zu. Reißen gleich ganze Fetzen heraus. Wenn sie dich kriegt, kannst du Aber vergessen. Seine Hand stieß gegen etwas Hartes. Er warf sich herum und packte zu. Es war eine Baumwurzel. Er kam von der Rinne weg, hing jetzt da, trat gegen den Stamm, der aus dem Felsen heraus wuchs. Er stand nun hinter dem Baum und beobachtete die Sau.

Wenn sie bachaufwärts läuft zu der Schafspur, kann sie mich von der Seite angreifen. Ich denke, ich sollte mich bewegen. Die Sau hatte aufgehört zu quietschen und schnüffelte herum. Das Geräusch wurde vom Wasser verschluckt, ihr Körper versank in der Dunkelheit. Ein Grunzen oder Platschen, ein Aufblitzen des Kiefers war alles, was sie verriet, und nichts kam zweimal vom selben Fleck. Er kletterte in die Zweige des Baumes. Nun, das tut's für die Nacht. Hau ab, Tod, eh? Um vier wird es hell, dann über den Kamm und gegen sieben drüben im anderen Tal. Zum Teufel mit Gareth Pugh. Bin längst in Aber, ehe sie zurückkommt, selbst wenn sie was merkt.

Er aß noch etwas und machte es sich auf dem Baum bequem. In der Tasche des Anoraks fand er einen Kompaß und eine Trillerpfeife an einer Kordel. Er nahm die Kordel, schlang sie um einen Ast und fuhr mit dem Arm in die Schlaufe. Dann drängte er sich zwischen Stamm und das Gewirr der Äste.

Es war eine warme Nacht, vor dem Wind war er geschützt, aber er schlief immer nur ein paar Minuten. Ihm war kalt, und er bekam einen Krampf. Er hatte keine Uhr, aber der Stand des Mondes verriet ihm, daß er jeweils nur kurz eingenickt war.

Die Lampen im Tal gingen aus.

Er döste, schlotterte und döste, aß auf, was er noch hatte, und döste weiter.

Er erwachte, war durchgefroren bis auf die Knochen, und sein Kopf war rückwärts über einen Zweig gesunken. Als er die Augen aufschlug, sah er die Kante des Plateaus einige Meter unter sich. Die Kordel hatte seinen Arm abgeschnürt, und sein anderer Arm lag über seiner Brust. Sein Nacken war steif. Da war ein Mann auf dem Plateau.

Der Mann lief oben auf der Rinne entlang, auf die Torfhaufen zu.

Die mit ihren Hunden? Das gibt ja was, wenn die auf das Schwein stoßen. Sollen sie doch. Geht mich ja nichts an. Er fand eine andere Lage in den Zweigen, in der er seinen Arm besser halten konnte. Die Dunkelheit kam und ging mit den Wolken, die über den Mond zogen, das Wasser ratterte über die Steine, aber er beobachtete.

Er sah, daß sich auf der Halde etwas bewegte, ehe irgendeine Veränderung im Ton des Baches wahrzunehmen war. Eine Ladung Steinschutt kollerte ins Wasser, weiter oben, wo es durch eine Senke floß. Die Blasen sprangen auf wie silberne Blüten. Die Schafspur an der Wand der Rinne berührte dort die Geröllhalde, folgte einer Biegung des Baches und kreuzte die Wurzeln unter ihm. Er beobachtete die Spur am Bogen.

Schafe? Das alte Schwein?

Aber da war ein neuer Laut, sehr nahe, gebrochen vom Wasser, aber er konnte ihn hören, und es ging weiter, immer weiter … es war eine Stimme, die summte, etwas murmelte, kaum Worte, aber es war eine Art von Lied. Er bewegte seinen Kopf, um durch die Zweige zu schauen. Der Mann saß am Fuß des Baumes. Tatsächlich. Was jetzt?

Der Mann kam mit seinem Lied zu Ende, aber er ging nicht weg. Er saß da, schaukelte mit seinen Beinen über dem Bach und schob seine Kappe auf dem Kopf nach hinten.

»Herrliche Nacht, nicht wahr?«

Er wischte sich mit dem Arm die Nase ab.

»Herrliche Nacht«, sagte er wieder. » Wirklich herrlich. Für diese Zeit des Jahres.«

24

Es ist wirklich eine herrliche Nacht«, sagte Huw.

»Laß mich in Ruh.«

»Komm jetzt runter, Junge.«

»Mir gefällt's hier.«

»Du wirst gebraucht.«

»Keiner braucht mich, und ich brauche nichts.«

»Dann bist du sehr glücklich«, sagte Huw. »Was wirst du nur mit soviel Reichtümern anfangen?«

»Ich hau ab. Morgen um diese Zeit bin ich schon in Birmingham.«

»Du wirst im Haus gebraucht. Die Zeit ist fast da.«

»Laß mich in Ruh. Ich habe genug. Für Spuk jeder Art seid ihr zuständig.«

»Du kannst nicht weglaufen«, sagte Huw, »es bekümmert dich viel zu sehr.«

»Mich bekümmert überhaupt nichts. Ich bin beinahe von der Klippe gestürzt und dann auf Gareth Pughs Sau getreten, und es hat mir nichts ausgemacht. So sieht es aus. Und du paßt besser auf, daß die Sau dich nicht angreift. Sie hat ein paar unerfreuliche Beißerchen.«

»Sie wollte dich nur daran hindern, das Tal zu verlassen«, sagte Huw.

»Sie dachte nicht daran.«

»Es ist immer das Schwarze Versteck«, sagte Huw,

»aber heute nachmittag liefst du in die falsche Richtung, und wir mußten die Hunde einsetzen, um dich zurückzuholen.«

»Erzähl mir noch 'nen Witz.«

»Ich erzähl dir noch einen«, sagte Huw, »aber dann kommst du runter. Ich bin es leid, daß du dich so kindisch benimmst.«

»Danke!«

»Gern geschehen«, sagte Huw. »Denkst du jetzt darüber nach, wie ich geradewegs zu dir hergekommen bin?«

»Nein.«

»Wir kommen immer hierher«, sagte Huw, »es ist der Ort.«

»Ich bin hergekommen, weil ich nicht wieder Hunde auf den Hals bekommen wollte. Und ich hatte auch wenig Verlangen danach, noch einmal auf eine Sau zu treten. Wenn du dir daraus etwas zurechtspinnst, ist das deine Sache.«

Huw überquerte den Bach und zog um auf einen Felsen auf der anderen Seite der Rinne. »Jetzt bist du sicher«, sagte er. »Du kannst ja den Baum noch weiter hinaufsteigen, wenn ich mich rühre. Besser aber, du kommst runter. Und ich zeige dir, wo die Chance liegt. Unter dem Baum. Dort. Faß mal in die Wurzeln am Fuß des Baumes. Du mußt den Arm ganz reinstecken.«

»Eine Sackgasse.«

»Fühl mal auf der Seite«, sagte Huw. »Vorsichtig. Paß auf. So, jetzt zieh deine Hand raus .. na?«

»Mister Huw, es tut mir leid«, sagte Gwyn.

Er hielt eine Speerspitze in seiner Hand. Sie war aus Feuerstein und so dünn, daß der Mond hindurchschien. Die Beschaffenheit ihrer Oberfläche machte sie zu einem Blatt aus Licht und Stein.

»Das war der Speer«, sagte Gwyn.

»Er hat ein Jahr dazu gebraucht, so etwas herzustellen«, sagte Huw, »Gronw Pebyr, Herr von Penllyn.«

»Das war noch früher«, sagte Gwyn, »es ist sehr alt.«

»Es war vor langer Zeit«, sagte Huw.

Gwyn schob seinen Arm wieder in den Felsen. Es gab da im rechten Winkel zum Spalt eine Höhlung, und mehrere Dinge lagen darin. Das meiste davon zerfiel auf der Stelle, noch ehe er es herausziehen konnte: Leder, Holz, Stoff, alles verkommen in der Nässe.

Er legte einen Stein neben die Speerspitze. Es war eine Kugel aus Quarz von der Größe einer Faust. Ein Gesicht war darauf gemalt. Es war nur der einfache Doppelbogen der Braue, eine kurze Nase oder ein Schnabel und zwei Punkte für die Augen. Er fand dieses Muster wieder und wieder auf allen Dingen, auf Krügen und Kieseln und einer Schieferscheibe, die man an einer Schnur hätte um den Hals tragen können. Eine einfache Linie hob sich ab: ein menschliches oder ein Vogelgesicht. Genau ließ sich das unmöglich entscheiden.

»Wie lange geht das schon?« fragte Gwyn. Er hielt jetzt die verrosteten Teile eines Dolches in einer Scheide in der Hand.

»Läßt sich schwer sagen. Aber wir, die wir von ihnen abstammen, wir müssen uns hier treffen, und wir bringen her, was wir haben.«

»Ich begreife nicht«, sagte Gwyn, »in mir ist alles taub.«

»Ich weiß«, sagte Huw.

»Mir ist, als könnte ich das Haus in die Luft sprengen, nur indem ich drauf schaue!«

»Vielleicht könntest du es«, sagte Huw, »hier: in diesem Tal: jetzt. So wirkt sie eben, diese Kraft. Durch uns, in uns; und drei sind es, die jedesmal dabei leiden.«

»Aber warum, Huw?«

»Weil wir dieser Kraft denkend Bewußtsein verleihen. Wir müssen sie ertragen, sie binden, sie freisetzen, durch uns, in uns, damit niemand leiden muß.«

»Was wird denn geschehen?«

»Ich weiß es nicht. Sie ist hier, die Frau, und du hast sie zur Eule gemacht. Sie wird auf Jagd gehen. Aber sie darf sich nicht zerstören. Denn so wird meine Schuld ärger, meines Onkels Schuld, meines Großvaters Schuld. Sie alle versuchten aufzuhalten, was nicht aufgehalten werden kann … der eine mit dem Gemälde, der andere mit den Tellern. Wir bauten Deiche aus Sand und gewannen dabei wenig.«

»Also sitzen wir in der Patsche, weil ihr euch gedrückt habt.«

»Ja.«

»Wie?«

»Oh, das ist eine lange Geschichte, und wir haben dafür soviel gelitten, als wenn wir uns damals gestellt hätten.«

»Wer ist ›wir‹?« fragte Gwyn.

»Ich, deine Mutter, er …«

»Meine Mam.«

Huw lächelte. »Du hast sie damals nicht gekannt. Sie war jung und hübsch. Es gab kein Mädchen so hübsch wie Nancy.«

»Was! Sie!«

»Viel Leid ist aus viel Schwäche erwachsen«, sagte Huw, »du mußt stark sein.«

»Aber meine Mam!«

»Sie war wie Aprilwind.«

Gwyn begann die Sachen wieder in dem Stein zu verstauen.

»Huw … kann ich was davon nehmen?«

»Ist denn noch etwas übrig?«

»… ja.«

»Dann gehört es dir.«

Gwyn hob den dünnen Schiefer mit dem Augenmuster auf. Er holte eine Schachtel aus seinem Anorak, kippte die Eule aus Muscheln in seine Hand. Als er die Eule neben die Speerspitze in den Felsen schob, blitzte kurz »Grüße aus dem Land der Lieder« in Leuchtschrift eine Armlänge von ihm entfernt auf.

Gwyn legte den Schiefer in die Schachtel.

»Würdest du das morgen Alison geben?«

»Gib du es ihr, Junge.«

»Ich kann nicht. Bitte, Huw.«

»Komm. Viel besser, sie bekommt es von dir selbst.«

»Nein. Sag ihr, es ist von mir.«

»Gib du es ihr.«

»Ich kann nicht. Es wäre nicht gut. Ich kann nicht, Huw.«

»Und ich soll es ihr nur geben? Ist das alles?«

»Sag dazu, es sei von mir.«

Gwyn verbarg die letzten Stücke. Er fuhr jetzt ganz hinten in die Höhlung hinein.

»Hier. Da ist noch etwas. Du hast offenbar lange Arme. Holen wir es raus.«

»Es ist für mich nicht an der Zeit hinzusehen«, sagte Huw.

»Na, komm schon.«

»Nein, nein, ich fasse es nicht an.«

»Na gut, ich kriege es auch allein.«

Gwyn öffnete seine Faust und hielt es ins Mondlicht.

»Was ist das? Teile aus … Gummi? Was tut denn das hier? Gummi. Das ist nicht alt. Sieht aus wie … Bremsklötze? Huw. Gehört das dir? Mann, du hast es also getan? Du hast Bertram auf dem Gewissen?«

»Weg damit! Es war der schwarze Rabe meines Unverstandes. Fort damit.«

»Mam sagte …«

»Ich wollte es nicht«, sagte Huw. »Er fuhr ja nie auf dem alten Ding außerhalb des Grundstücks. Die Auffahrt hoch und wieder zurück. Das ja. Dabei ließ er mich springen, wenn ich dort arbeitete. Und er nahm mir meine Nancy weg. Da dachte ich mir: Warte nur, dir werde ich es zeigen. In den Rhododendronsträuchern sollst du landen. Also nahm ich die beiden Bremsklötze heraus. Er hat nie etwas davon gesagt, daß er zum Paß hinauf wollte. Ich wußte es nicht. Aber ich hätte es wissen sollen. Wir können dem nicht entkommen. Ich habe sie im Billardzimmer mit Putz zugeschmiert, ich habe die Teller auf dem Boden versteckt, und selbst er, der arme Kerl, hat sein Bestes versucht.«

»Was hat er denn getan?«

»Er hat sie erschossen.«

»Sie erschossen? Wie denn? Du bist ja doch so närrisch, wie sie behaupten!«

Huw kam zu Gwyn und faßte dessen Arm.

»Ein Herr muß nach seinen Leuten schauen. Ich verfehlte sie zu meiner Zeit, aber deswegen wurden wir dennoch zerstört. Du darfst sie jetzt nicht verfehlen. Sie ist schrecklich in ihrer Einsamkeit und ihrem Schmerz. Du bist nach deiner Herkunft Herr dieses Tales.«

»Ist das auch sicher, Mann?« fragte Gwyn voller Zweifel. »Mir kommt es weit mehr vor wie ein schlechter Witz.«

»Nein, nein«, sagte Huw, und seine Augen suchten Gwyns Gesicht. »Du bist der Erbe.«

»Erbe? Das ist ein schönes Wort!« sagte Gwyn.

»Was gibt es denn zu erben? Sag nichts. Das ist doch alles, was mir von meinem Vater bleibt. Ha, Erbe … ein Erbe, das in ein paar Bremsklötzen besteht!«

»Nein, nein, Junge, da irrst du dich. Du bist Herr über dieses Tal als mein Nachkomme. Es gibt keinen Zweifel daran. Ich bin dein Vater. Hast du das nicht gewußt?«

Gwyn schüttelte den Kopf. »Sie hat es mir nie gesagt, Huw. Nie. Und das hat sie dir angetan? Das?«

»Es war mein Ende«, sagte Huw.

25

Der Regen fiel senkrecht ohne Wind, aber im Haus konnte man es nicht hören, außer durch das Geräusch am Oberlicht der Küche. »Man sollte nicht murren, denke ich«, sagte Clive, »Wir hatten eine schöne Zeit. Ich würde im Bett bleiben heute früh. Du verpaßt nicht viel.«

»Mir geht es wirklich besser«, sagte Alison. »Mummy macht immer soviel her deswegen. Ich stehe auf, sobald du gegangen bist.«

»Und das Fieber gestern abend«, sagte Clive, »nimm das nicht zu leicht.«

»Das tu ich schon nicht. Aber ich werde euch eine Tischdekoration für das Essen heute abend machen.«

»Schönen Dank«, sagte Clive, »und alles Gute dann.«

Er ging die Treppe hinunter. Roger saß auf der Munitionskiste in der Garderobe und kratzte mit einem Schraubenzieher den Dreck von seinen Stiefeln ab. »Naß durch und durch«, sagte Roger, »er hatte nicht mal soviel Anstand, sie sauberzumachen. Und schau dir mal den Anorak an. Zerrissen. Wo der sich nur rumgetrieben hat?«

»Kommt in Ordnung, wenn du mir die Größe angibst«, sagte Clive.

»Du mußt mir jetzt keinen neuen kaufen, es sei denn, du fühlst dich dann besser«, sagte Roger.

Clive zuckte die Schultern. Er trug seinen Regenmantel. »Vergiß es. Du weißt doch, bei uns wird nie was nachgetragen bis zum nächsten Tag. Reiner Tisch jeden Morgen, einverstanden?«

»Du bist der Boß«, sagte Roger. »Wie geht es Ali?«

»Gut in Form«, sagte Clive. »Wohl eine von diesen plötzlichen Erkältungen. Sie wird gleich erscheinen, sobald ... hm!«

»... sobald die Küste klar ist?« fragte Roger.

»Warte nur«, sagte Clive, »du wirst das auch noch merken. Frauen können die reinsten Teufel sein.«

»Ach ja«, sagte Roger, »davon habe ich natürlich keine Ahnung. Da bin ich noch zu jung, um das zu beurteilen.«

»Stimmt, kannst du auch nicht.«

»Dann ist's ja recht.«

»Was ist denn jetzt wieder los?« fragte Clive.

»Nichts, Dad. Paß nur auf mit deinen Einkäufen.«

»Ich habe mein Bestes getan«, sagte Clive, »mehr kannst du nicht verlangen. Ich hoffe, du wirst das mal begreifen ...«

»Wenn ich alt genug bin«, sagte Roger. Clive setzte sich auf den Kasten. »Was ist denn los?«

»Nichts, Dad.«

»Zunehmende Schmerzen?«

»Um Himmels willen!« Roger feuerte seine Stiefel quer durch die Garderobe.

»Das ist eine Phase, durch die wir alle mal müssen«, sagte Clive.

»Tut mir leid, Dad. Dieses Haus! Ich könnte eine Bombe drunter legen.«

»Warum kommst du nicht mit? Mal einen Tag raus aus allem?«

»Nein, danke. Ich mag das nicht, mich in Geschäften rumdrücken.«

»Kann ich begreifen. Aber schau, wenn es so schlimm ist, können wir heimfahren. Ich wollte uns Ferien verschaffen, nicht Nervenzusammenbrüche.«

»Vielleicht liegt es am Wetter«, sagte Roger.

»Könnte sein, könnte sein. Diese Berge fallen dir auf den Kopf, nicht wahr. Nun, wenn du nicht mitkommen willst, sollte ich mich jetzt auf den Weg machen, oder es wird Mitternacht, bis wir zurück sind.«

»Ja, Dad.«

Roger war damit fertig geworden, die Stiefel zu säubern und stopfte sie mit Zeitungspapier aus. Dann saß er eine Weile da und ließ den Schraubenzieher zwischen seinen Knöcheln gegen den Kasten schlagen. Die Bewegung wurde langsamer, hörte auf.

»Freilich«, sagte er.

Er zog seinen Anorak an, schob die Kapuze nach vorn und verließ die Garderobe, um zur Hinterseite der Ställe zu gehen. Der Regen hämmerte auf das Dach. Er horchte, durch die Tür hindurch war nichts zu hören.

Roger setzte den Schraubenzieher oben an eine der Schrauben und lehnte sich darauf. Der Türriegel gab nach, und weißes Metall schimmerte im Rost, aber das Gewinde bewegte sich. Eine Drehung folgte der anderen. Endlich hing die Haspe vom Vorhängeschloß herab. Die Tür war auf.

Licht floß durch Spinnweben. Das Zimmer war völlig eingestaubt. Zuerst sah Roger nicht viel mehr als von der Leiter aus, aber als er sich an die Dunkelheit gewöhnt hatte, lachte er:

»Die alte Betrügerin.«

Er rannte zum Haus zurück, den Kopf gesenkt, den Pfützen ausweichend. Er schüttelte sich und klopfte die Nässe in der Garderobe ab, ehe er zum Fuß der Treppe ging.

»Ali!«

»Ja?«

»Das Spiel ist aus, du alte Betrügerin. Jetzt erklär mir das mal. Komm runter und erklär mir das.«

»Ich wasche mir gerade die Haare.«

»Hör auf damit. Komm runter und klär Onkel Roger mal über den Spaß und die Spielchen auf.«

»Red doch mal vernünftig, Roger.«

»Du bist von einem Meisterhirn überwunden worden. Das ist es. Ein Vorhängeschloß, nicht stärker als die Schrauben der Haspe.«

»Wovon redest du eigentlich?«

»Ziemlich faul. Beeil dich. Ich will wissen, wie es geht.«

»Wie was geht?«

»Beeil dich, Ah. Ich treff dich dort.«

»Wo? Roger? Wo denn? Ich weiß überhaupt nicht, wovon du sprichst!«

»Und Bubo, Bubo, Bubo über dich!« rief Roger.

»Was?«

»Mit Knöpfen dran.«

Roger tauchte zurück in den Regen.

Warum bin ich nur nicht darauf gekommen? Hat es weggeschlossen, damit es nicht mit jemand anderem wieder von vorn beginnt. Toller Einfall. Scheint in Ordnung die Kiste. Bißchen verbeult. Muß uralt sein. Gehört ins Museum, mehr ein Roller als ein Rad.

Das Motorrad lehnte in einer Ecke. Der Tank, eine Blechflasche, saß auf einem Brett hinter dem Sattel.

Die Räder waren klein, und die Griffe waren die eines gewöhnlichen Fahrrads, mit Kabelbremsen, aber als Roger drückte, war da keine Spannung. Ich verstehe. Keine Bremsklötze. Und was soll all das andere Zeug, das sie da aufgebaut hat? Die Eulen zum Tee bitten?

In der Mitte des Raumes stand ein Kasten, vorn mit

einer Glasscheibe. Er war gegen die Tür hin ausgerichtet und hatte eine Höhe von etwa einem Meter.

In dem Kasten befand sich eine ausgestopfte Eule. Es war ein großer Vogel, und über seinen gelben Augen saßen Büschel, die aussahen wie Hörner. In einer verblichenen Handschrift stand auf einem Etikett auf dem Glas: Adlereule (Bubo Bubo Bubo) weiblich. Der Bryn Geist: erlegt mit Eley-Kynoch Grand Prix Kaliber 12 auf 60 Fuß.

Das Mädchen spinnt ja.

Alisons Papiereulen türmten sich um den Kasten, ihre stilisierten Köpfe sahen aus, als bildeten sie das Publikum für die Adlereule.

Warte mal ... wer war gestern hier drin? Ali war ja bei uns, als wir das Geräusch hörten.

Roger sah sich die Eulen genauer an. Jede hatte mit ihrem Schwanz ein Zeichen im Staub hinterlassen, und diese Spuren zogen Linien über den Fußboden, bogen sich und ergaben ein Muster. Ein Muster war es, so ausgewogen und präzis wie Eisenspäne in einem Magnetfeld oder die Blütenblätter einer Blume, und der Magnet oder das Herz der Blume, von dem die Linien ausgingen und zu dem sie zurückliefen, war die Adlereule in ihrem Glasgehäuse.

Roger schaute auf das Motorrad. Dort, wo er es berührt hatte, war es sauber. Auf dem Fußboden war zu erkennen, wo er gestanden hatte, wie er gegangen war; überall sonst lag der Staub der Jahre, außer den Eulenspuren. Im Raum wurde es dunkler, weil hinter ihm jemand eintrat.

»Vorsichtig, Ali«, sagte Roger. »Ich war dumm. Es ist irgend etwas los damit. Tut mir leid. Ich habe nicht richtig hingeschaut. Ich habe gemeint, du hättest es getan. Komm weg, rasch.«

Der Anorak umhüllte seinen Kopf; um sie zu sehen,

mußte er sich ganz nach hinten umdrehen! In seiner kauernden Haltung hörte er nichts. Die Lichtverhältnisse im Zimmer deuteten darauf hin, daß sie immer noch auf der Schwelle stand.

»Ali. Verschwinde ... Ali?«

Er drehte sich um. Auf der Schwelle war jemand mit einer Kapuze und in Ölzeug ... Roger zuckte zurück. Es war Nancy. Sie stand da, hatte die Bodendecke eines Zeltes um, einen Schürhaken in der Hand, und ihre Augen waren grau wie Staub. »Was wollen Sie denn hier?« fragte Roger. Sie antwortete nicht.

»Haben Sie nichts zu tun?« fragte Roger.

Nancy stürzte voran. Sie hieb mit dem Schürhaken auf den Kasten. Das Glas barst. Die Adlereule verwandelte sich in eine Wolke von Sägespänen und Federn. Nancy schlug um sich, drosch auf die Papiermodelle ein, die, während sie so herumsprang, zusammen mit den Federn des toten Vogels durch die Luft wirbelten. Sie blieben kleben an ihren feuchten Sachen, auf ihrer Haut und in ihrem Haar.

Roger wich zum Motorrad zurück. Er nahm seine Arme vor den Kopf, um sich vor den Schlägen zu schützen, aber Nancy kämpfte nur gegen den wirbelnden Staub. Sie sagte nichts. Die Geräusche im Zimmer waren ihr Atem, das Sausen des Schürhakens, ihre Füße auf Holz und Glas.

Dann taumelte sie plötzlich zur Tür. Roger folgte. Er würgte an dem Sägemehl, daß ihm in den Hals gekommen war. Nancy war jetzt auf dem Rasen. Sie hieb in die Luft, und es regnete Bindfäden.

26

Gwyn kratzte die letzten Cornflakes aus der Schüssel. Zerbrochene Crackers lagen auf dem Tisch. Seine Mutter hatte ihm nichts anderes angeboten, weil er so spät aufgestanden war. Er war erleichtert, als sie aufhörte, im Ofen zu stochern und ihm Vorwürfe zu machen. Sie ging hinaus, um zu hören, was oben geredet wurde.

Er nahm einen Schluck aus der Milchflasche.

Die äußere Tür der Küche schlug zu. Er hörte ein Keuchen. Die innere Tür wurde aufgestoßen, und seine Mutter fiel in die Küche. Sie trug eine Ölhaut.

Das Schüreisen hatte das Gewebe zerrissen und sich in den Falten gefangen, und Nancy und die Zeltplane waren mit Federn eingedeckt. Jene, die sich trotz des Regens gehalten hatten, trieben in der Küche umher, wirbelnd in der aufsteigenden Hitze, die vom Ofen ausging.

Nancy mühte sich aus der Ölhaut und ließ sie und das Schüreisen auf den Fußboden sinken. Eine feuchte Haarsträhne bedeckte ihr eines Auge und berührte ihren Mund. Sie wischte danach mit einer Hand, an der Federn klebten.

»Hol deinen Regenmantel«, sagte sie.

Sie ging nach oben. Gwyn trank seine Milch aus und sah, wie die Federn in der Küche umherwirbelten. Er hörte seine Mutter in der Wohnung herumwirtschaften. Das Geräusch eines Riemens und dann zwei dumpfe Laute. Sie kam oben an den Treppenabsatz, stieg herab und stemmte etwas Schweres von Stufe zu Stufe. Gwyn saß am Tisch.

Sie hatte ihren Regenmantel angezogen und einen Regenhut aus Plastik aufgesetzt und unter dem Kinn zusammengebunden.

»Los, komm«, sagte sie, »du nimmst die Koffer.«

»Wo soll's denn hingehen?« fragte Gwyn.

»Nach Aber.«

»Das ist erst morgen.«

»Halt die Klappe und tu, was man dir sagt.«

»Wie wollen wir denn da hinkommen?«

»Taxi bis zum Bahnhof.«

»Das sind zwanzig Meilen. Außerdem: Wie bekommst du ein Taxi?«

»Telephon. Nun mal los, Junge.«

»Das Telephon ist beim Laden, und es regnet«, sagte Gwyn.

»Hier bleibe ich keine Minute länger«, sagte Nancy, »nimm deinen Regenmantel und die Koffer, oder es setzt was, wie alt du auch sein magst.«

»Ein Taxi wird aber teuer«, sagte Gwyn, »was ist denn geschehen?«

»Geht dich nichts an.«

»Ich komme nicht mit«, sagte Gwyn, »kümmere dich selbst um deine Sachen. Ich bleibe bei Dad.«

Nancy zog ihre Handschuhe an. Sie stellte die Finger gerade, als Gwyn sprach. Sie ging um den Tisch herum. Ihre Hände sahen aus, als seien sie während einer Bewegung eingefroren. »Was soll das, Junge?«

»Mein Dad ist fortgerannt«, sagte Gwyn, »ich nicht. Ich will nicht so enden wie er und du.«

Nancy holte mit dem Arm aus und schlug zu. Der

Schlag warf Gwyn vom Stuhl. Nancy holte seinen Regenmantel, der an der Tür hing. Sie warf ihn Gwyn hin.

»Steh auf«, sagte sie, »nimm die Koffer.«

»Warum hast du nicht gleich anständig gefragt?« sagte Gwyn. »Ich trag' die Koffer schon, aber du wirst ja sehen.«

Er putzte die Federn von seinen Kleidern, zog seinen Regenmantel über, nahm die Koffer auf und ging zur Tür. »Es regnet.«

»Deine Mütze steckt in der Tasche.«

»Soll ich gehen und anrufen? Du kannst ja hier mit den Koffern warten!«

»Nein, ich bleibe nicht hier.«

»Dann geh du telephonieren und ich warte.«

»Halt die Klappe, Junge.«

Sie gingen die Auffahrt entlang. Schon während der ersten paar Meter schlug die Kälte bis auf Gwyns Schultern durch, erfaßte dann seinen Rücken, seine Beine, schließlich war sie überall, und er fühlte sich besser. Er streckte die Zunge heraus, um aufzufangen, was aus seinem Haar herabrann.

Er hatte nie Regen sich sichtbar am Himmel ausbreiten sehen. Am Gebirge erkannte man, daß es meilenweithin regnete. Er beobachtete das während des ganzen Weges zur Telefonzelle. Nancy lief eilig, wobei sie in den Knien einknickte. Sie war schon in der Kabine, als Gwyn herankam, und sie gab ihm durch Gebärden zu verstehen, er solle mit den Koffern warten. Er stellte sie auf einen Stein.

Wasserfälle stürzten dort herab, wo am Tag zuvor nur feuchte Rinnen gewesen waren. Gwyn dachte an das Schwarze Versteck. Nancy hatte Probleme. Sie drückte den B-Knopf.

Leute kamen auf der Straße vorbei. Die Glocke des

Ladens war zu hören. Eine Frau schritt hinter einer Färse her. Gebückte Männer mit Säcken über den Schultern gegen den Regen kamen aus Schuppen hervor. Keiner von ihnen war in Eile. Gwyn erkannte den Hirtenhund mit den großen Augen, aber der interessierte sich jetzt nicht für ihn, wohl aber die Leute. Ehe er es recht gewahr wurde, hatte sich eine kleinere Menschenmenge um die Telephonzelle versammelt. »Hallo, Junge!«

»Telephoniert da deine Mam?«

»Das ist doch Nancy, nicht wahr?«

»Was will sie denn mit dem alten Telephon?«

»Wo wollt ihr denn hin?«

»Koffer, oder?«

»Übler Tag.«

»Im Funk geben sie Flutwarnung.«

»Fahrt ihr fort?«

Manches war auf Welsh, anderes in Englisch. Er hörte diese sanften Stimmen murmeln. Sie sprachen nicht direkt mit ihm. Sie unterhielten sich jetzt untereinander über ihn.

Nancy drückte den A-Knopf.

»Wir gehen«, sagte Gwyn. »Jetzt. Wir fahren nach Aber. Meine Mam ruft ein Taxi, das uns zum Bahnhof bringen soll. Wir kommen nicht mehr zurück. Wir warten hier auf das Taxi. Wir kommen nie mehr wieder. Das Taxi wird in ungefähr einer halben Stunde hier sein.«

»Ein Taxi?«

»Von wo, frage ich mich nur?«

»Was für eine Verschwendung.«

»Immer so eigensinnig, deine Mam.«

»Wollte immer mit dem Kopf durch die Wand, unsere Nancy.«

»Ein Taxi jetzt!«

»Gut, gut.«

Die Leute verstreuten sich. Die Färse lief weiter die Straße hinauf.

Nancy stieß die Tür der Telephonzelle auf. »Das Taxi kommt«, sagte sie, »bleib du hier und sieh nach den Koffern.«

»Ich kann doch im Laden warten.«

»Das wirst du nicht. Ich will nicht, daß du dir noch mehr von diesem Geschwätz anhörst. Du bleibst hier.«

»Was macht das schon.«

»Worüber sprachen sie denn?«

»Über dich.«

Die Tür stöhnte und schloß sich wieder hinter ihr. Gwyn versuchte, die Regentropfen, die von seiner Nase herunterkamen, genau in die Löcher seiner Schuhbänder tropfen zu lassen. So vertrieb er sich die Zeit, bis das Taxi kam.

»Beeilt euch«, sagte der Fahrer, »zwanzig Minuten noch, und am Fluß ist kein Durchkommen mehr.«

Gwyn stellte die Koffer auf den Platz für das Gepäck, als Nancy aus der Telephonkabine kam und zum Wagen rannte.

»Kommen Sie auch mit?« fragte der Fahrer. »Dafür, daß Sie mir die Sitze naß machen, berechne ich Ihnen etwas extra.«

»Nur zu«, sagte Nancy.

Das Taxi fuhr talabwärts. Als sie an der letzten Hütte vorbei waren, ließ sich Nancy in die Polster zurücksinken. Die Straße war schmal, mit Hecken an beiden Seiten, und sie kroch hinauf und hinab, um so einen Weg zwischen den Bergen und dem Fluß zu finden. Sie waren eine halbe Meile gefahren, als der Chauffeur scharf bremste. Sie waren an einer Kurve, und Nancy und Gwyn wurden gegen die Tür gedrückt.

»Vorsichtig, Sie Narr!«

Das Taxi hielt an. Ein Baum war quer über die Straße gestürzt am Grund einer Senke. Die Telephondrähte ringelten sich wie Sprungfedern am Boden. Zwei Männer standen auf der anderen Seite der Hecke.

»Hallo«, sagte der eine von ihnen.

»Was geht denn hier vor?« fragte der Fahrer.

»Weggerutscht, als wir sie fällen wollten. Die Wurzeln … der Regen hat das Erdreich ausgewaschen.«

Der Fahrer wandte sich an Nancy: »Was soll ich denn jetzt machen, Missis?«

»Die Straße räumen«, sagte Nancy.

»Machen Sie keine Witze. Außerdem: Ehe die das hier weghaben, sind wir ohnehin durch den Fluß abgeschnitten.«

»Wenden Sie und fahren Sie über den Paß.«

»Über den Paß? Das ist gefährlich bei diesem Wetter. Und teuer.«

»Fahren Sie über den Paß«, sagte Nancy.

»Die Köpfe zur Seite«, sagte der Fahrer, »ich kann nicht durch das Rückfenster sehen, und es ist zu eng hier, um zu wenden.« Er wendete das Taxi … und hielt. Ein Baum lag quer über der Straße. Der Fahrer sprang heraus und brüllte, aber niemand antwortete. Niemand ließ sich sehen.

»Nun, Missis, das wäre es dann.«

»Allerdings, Mam. Das wäre es.«

Nancy schaute wild. Sie hielt ihre Handtasche, als müsse sie fürchten, sie werde ihr gestohlen, rüttelte an der Tür und stieß sie auf.

»Wo willst du denn hin, Mam?«

Sie stolperte über den Stamm und begann, zum Haus zurückzulaufen.

»Was ist denn mit dem Geld?« rief der Chauffeur.

»Das zählt als Wartezeit!«

»Bringen Sie die Koffer zum Haus rauf, wenn Sie mal frei sind«, sagte Gwyn.

»Die Koffer sehen Sie nicht, ehe ich nicht mein Geld bekommen habe«, sagte der Fahrer. »Die Sorte kenne ich.«

»Sie haben ganz recht«, sagte Gwyn, »man darf keinem vertrauen.«

Er ging seiner Mutter nach. Sie war noch nicht weit gerannt. Sie drängte weiter in einem schlotternden Trab und hatte die Hütten erreicht. Der Regen fiel dichter, und die andere Seite des Tales verschwand in den Wolken, aber entlang der Straße an den Toren standen die Leute, und Nancy mußte an ihnen vorbei.

»Hallo, Nancy.«

»Du hast es wohl eilig?«

»Was vergessen?«

»Hast du dich anders besonnen?«

»Aberystwyth ist zu weit, nicht wahr?«

»Geh besser heim, Nancy. Geh besser heim, Kind.«

»Kein Wetter, um draußen herumzulaufen.«

»Verlaß uns nicht, Nancy, nicht noch einmal, eh?«

»Geh heim, Liebes.«

»Schreckliches Wetter.«

»So ist es recht, Junge. Bleib bei deiner Mam.«

»Kümmere dich um sie.«

»Kümmer dich.«

»Guter Junge.«

»Gut.«

Gwyn folgte Nancy und sagte nichts, und sie wandte nicht den Kopf, aber als sie an das Tor der vorderen Auffahrt kam, rannte sie weiter. Gwyn versuchte, sie einzuholen.

»Du bist am Tor vorbei.«

»Klar bin ich am Tor vorbei.« Ihr Gesicht war knochig und mager wie das eines Mannes.

»Wo willst du denn hin?«

»Wohin denkst du?«

»Du kannst bei diesem Wetter nicht über den Paß laufen!«

Die Straße verlief jetzt oberhalb des Hauses und unter dem Bryn. Der Regen fiel so dicht, daß man nur die Hecken und Bäume sah und die Felder ganz weiß waren. Gwyns Haut zitterte vom Anprall des Regens, und sein Mund stand offen.

»Und was soll ich machen?«

»Tu, was du willst, Junge.«

»Huw sagt, ich soll hier bleiben.«

»Dann bleib.«

»Ist dir's egal?« Sie waren nun auf einer Höhe mit dem Tor zur hinteren Auffahrt. »Dich kümmert das wohl alles nicht? Ich? Er? Dieser Ort. Hat dich das je gekümmert?«

»Dafür gibt's keine Pfundnoten in London ...«

»Ich bleibe, Mam. Ich bleibe hier!«

Nancy lief von ihm fort. Er blieb am Tor zurück.

»Mam!«

Sie wandte sich um, blieb aber nicht stehen. Sie lief zurück, die Straße hinauf, sie schrie etwas dabei, und der Regen wusch ihre Worte aus der Luft. Ihr gespenstisches Gesicht löste sich auf. Gwyn starrte einen Augenblick zu der nun leeren Stelle hin, an der sie gestanden hatte, dann kletterte er über den Zaun.

27

Alison saß am Fenster und rieb sich die Haare mit einem Handtuch trocken. Sie hörte Geräusche im Haus. Roger rannte aus seinem Zimmer und ließ sich nun ein Bad ein. Die Oberfläche des Fischbassins sah im Regen aus wie aus Zinn. Nancy erschien an der Auffahrt und lief fort. Gwyn folgte ihr langsam mit einem Koffer in jeder Hand. Er schaute auf den Regen und drehte dann das Gesicht, um die Tropfen mit dem Mund aufzufangen. Die Koffer sahen aus, als würden sie ihm die Arme abreißen. Jedes Handgelenk kam Zentimeter unter der Manschette des Hemdes hervor. Der Regenmantel war bis zum Ellenbogen heraufgerutscht. Er folgte Nancy über die Auffahrt, vorbei an den Ställen. Dann war er verschwunden. Alison wand das Handtuch um ihren Kopf und ging die Treppe herunter zum Absatz im ersten Stock. Die Hähne im Badezimmer brüllten.

»Roger?«

»Was?« Er hustete und räusperte sich.

»Ist was los?«

»Es ist widerlich.«

»Ich glaube, sie sind jetzt fort«, sagte Alison, »ich meine Nancy und Gwyn. Rennen einfach einen Tag früher weg, wenn es keiner merkt. Mummy wird sich aufregen. Was sollen wir tun?«

»Ich nehme gerade ein Bad. Diese verdammten Federn.«

»Roger, soll ich ihnen nachgehen?«

Roger hustete zu sehr, um antworten zu können.

Alison ging in die Garderobe, holte ihren Anorak und lief dann quer über den Rasen, ihr Haar noch unter dem Turban. Der Regen war wie eine Mauer.

Sie mußten wohl mit dem Taxi weg wollen. Das Telephonhäuschen? Ja, da müssen sie hin. Da werde ich sie abfangen.

Die Straße fiel ab zwischen hohen Ufern. Unten lag die Brücke aus dem schlechten Schiefer, und Alison sah, als sie näher kam, wie ein Mann aus Regen und Stein aufwuchs. Huw Halfbacon lehnte an der Brücke und schaute der steigenden Flut zu. Er trug einen Sack, so zusammengepfercht, daß er fast bis auf die Erde hinabhing. Der Zipfel der einen Ecke berührte seine Stiefel.

Alison zögerte. Sie streifte ihren Turban ab und legte sich das Handtuch über den Arm. Dann schüttelte sie den Kopf, damit ihr Haar sich im Regen lockere.

»Hallo!« sagte Huw. »Naß, nicht wahr?«

»Haben Sie Nancy und Gwyn gesehen?« fragte Alison.

»Sie sind da runter zum Laden gegangen. Sie werden nicht lange bleiben.«

»Sind Sie sicher?« staunte Alison. »Ich denke, sie wollen weg.«

»Sie werden bald zurück sein«, sagte Huw, »sie werden nicht wegkommen.«

»Warum dann das Gepäck?« fragte Alison.

»Üben, nicht wahr?« sagte Huw. »Nun, warum lassen wir uns so naß regnen? Sie sind das nicht so gewohnt wie ich. Sie werden sich eine Erkältung holen. Ich gehe zurück zum Haus; kommen Sie mit!«

Er griff nach Alisons Arm. »Ich habe da was für Sie«, sagte er, »ein Geschenk.«

»Ein Geschenk? Für mich?« fragte Alison. »Ich habe doch heute nicht Geburtstag.«

»Das sind arme Leute, die damit immer bis zu den Geburtstagen warten. Nein, nein, das ist eben ein Geschenk.«

»Was ist es?« fragte Alison. »Sind Sie sicher, daß die beiden zurückkommen?«

»Ein Geschenk«, sagte Huw, »da bin ich ganz sicher.«

Sie erreichten die Rückseite der Ställe. Huw holte einen Schlüsselbund hervor und sah die Schlüssel durch. Sie waren alle glattgescheuert.

»Sie sind noch nie in meiner Wohnung gewesen, nicht wahr?«

»Nein«, sagte Alison. »Schauen Sie, die Tür da ist offen.«

»Ja, das stimmt, sie ist offen jetzt, » sagte Huw.

»Das muß ich Roger sagen. Was ist denn da drin?«

»Nichts«, sagte Huw. Er schloß die niedrige grüne Tür zu seinem Zimmer auf und schob Alison hinein. »Entschuldigen Sie die Unordnung.« Es war ein Zimmer aus nacktem Stein und einem schrägen Dach mit massiven Querbalken. Auf den ersten Blick deutete nichts darauf hin, daß jemand hier lebte. Es war ein Schuppenraum, vollgestellt mit Kisten und Körben, Farbtöpfen, Öltrommeln, Seilen, Schlegeln, rostigen Werkzeugen, Dosen voll Nägeln, einer Bürste zum Schornsteinfegen und Angelruten. Es gab keine Möbel. Nur Bretter waren zwischen zwei Balken ausgelegt, und darauf sah Alison Decken und einen Strohsack als Kissen.

»Sie leben … hier?« fragte sie.

»Ja«, sagte Huw, »immer.«

»Wie lange schon?«

»Immer. Ich bin nicht gut im Zählen der Jahre.«

»Aber hier kann man ja nirgends sitzen oder kochen, kein Wasser, kein Feuer. Wie kommen Sie denn zurecht? Was machen Sie denn im Winter?«

»Der Winter ist eine kalte Zeit, ja«, sagte Huw.

»Wo haben Sie denn Ihre Sachen?« erkundigte sich Alison. »Kleider.«

»Die Kleider trag ich auf dem Leib«, sagte Huw. »Im übrigen habe ich das ganze Tal, um meine Sachen aufzubewahren. Besondere Dinge: hier.«

Er kramte zwischen den Decken.

»Das Geschenk für Sie«, sagte er.

»Ich will es nicht«, entschied Alison.

Huw hielt ihr die Schachtel hin. »Es gehört Ihnen«, sagte er, »das Geschenk liegt darin.«

»Ich weiß, was drinnen ist. Ich will es nicht.« Sie wich bis zu einer Metallwanne zurück. »Gehen Sie mir damit weg.«

Er öffnete die Schachtel. »Es ist ein besonderes Geschenk von dem Jungen. Er hat mich darum gebeten. Ich habe nur die alte Schnur drangemacht.«

»Was?« Alison sah auf die Schachtel, die Huw ihr hinhielt. Der polierte Schiefer glühte, und die Zeichnung der Braue und des Auges hoben sich deutlich ab in dem düsteren Licht. Ein lederner Schnürsenkel war durch das Loch gezogen worden, so daß man es als Anhänger tragen konnte.

»Er sagt, es ist sehr alt.« Huw nahm den Anhänger aus der Schachtel.

»Das ist zu furchtbar ... ich kann es nicht tragen.«

»Es gehört Ihnen. Der Junge sagte, ich solle es Ihnen als Geschenk übergeben.«

»Nein.«

»Er möchte, daß Sie es haben, aber er ist zu schüchtern, es Ihnen selbst zu geben.«

»Stecken Sie es fort! Bitte. Das ist zu viel!«

»Nein, nein, ganz billig. Gar nichts weiter. Ich habe gesagt: Gib es ihr doch selbst, aber nein, gib du es ihr, sagte er. Sag ihr, es ist von mir. Er ist ein netter Junge.«

»Nein! ... Bitte nicht!«

Huw hob den Anhänger und streifte ihr den Schnürsenkel über den Kopf.

»Da. Ein Geschenk für Sie.«

Roger zog saubere Kleider an. Die Federn hatten sich überall niedergelassen. Der Staub und der Geruch waren auch immer noch da. Er öffnete das Schlafzimmerfenster, um frische Luft hereinzulassen. Da sah er Huw Halfbacon von der Hinterseite der Stallung kommen. Der Regen zog hinter ihm her. Die Erde kochte wie unter einer Egge, und er trug Alison über der Schulter.

»Was ist denn geschehen?« rief Roger.

»Sie ist ohnmächtig geworden. Es war das Geschenk von dem Jungen.«

»Ist sie verletzt?«

»Lassen Sie uns rein, und holen Sie den Jungen.«

Roger rannte in die Küche.

»Verschließen Sie die Tür«, sagte Huw. Er legte Alison auf den Tisch.

»Was ist denn mit ihr los?« fragte Roger. »Wer hat ihr denn so das Gesicht zerkratzt?«

Über Alisons Wange liefen parallele rote Linien, offenbar aber unter der Haut. Es blutete nicht.

»Holen Sie den Jungen«, sagte Huw, »sagen Sie ihm, er soll sich beeilen.«

»Sie braucht einen Arzt«, stellte Roger fest.

»Holen Sie den Jungen!« rief Huw. Er führte Roger an die Tür und drängte ihn nach draußen.

»Es ist naß, du Blödkerl. Laß mich rein. Ich habe mich gerade erst umgezogen!«

Huw hatte die Tür abgeriegelt. Roger rannte zur Garderobe. Aber es war zu spät. Auch die Vordertür war verschlossen. Er rannte bis zur Straße und dann zum Telephonhäuschen. Die Leitung war tot.

Schweigen in seinem Ohr. Er ging in den Laden.

»Ja?« fragte Mrs. Richards.

»Das Telephon«, sagte Roger.

»Die Leitung ist unterbrochen«, erklärte Mrs. Richards. »Umgestürzte Bäume. Scheußliches Wetter, nicht wahr. Weiter hinten im Tal muß es noch schlimmer sein.«

»Wo finde ich einen Arzt?«

»Sie erreichen jetzt keinen Arzt. Was wollen Sie denn mit einem Arzt?«

»Es geht um Miss Alison. Sie ist ohnmächtig geworden oder zusammengebrochen. Ich weiß nicht genau.«

»Suchen Sie lieber Gwyn«, sagte Mrs. Richards. »Das kommt schon wieder in Ordnung. Suchen Sie Gwyn. Er ist oben im Haus.«

Roger rannte aus dem Laden: »Gwyn! Gwyn! Gwyn!«

Er suchte im Garten bis zum Wald. Er kämpfte sich durch Nessel und Sumpf zur Ausfahrt durch.

Als er ebenen Grund erreichte, konnte er kaum stehen. Gwyn kletterte von der Straße her über das Tor.

»Gwyn!«

Gwyn saß auf dem Tor.

»Gwyn! Halfbacon braucht dich. Er sagte, du sollst rasch kommen. In der Küche … warte auf mich.«

Aber Gwyn lief los, ohne mit Roger zu reden. Unter ihm lag der Wald. Da war ein Geräusch. Es kam näher, aber es ließ sich nicht genau ausmachen unter den Bäumen, bei dem Regen und dem anschwellenden Fluß. Das Geräusch war in allem. Wenn es überhaupt etwas Bestimmtes war, so der Laut des Windes am Paß und das Echo davon im Tal. Oder es war das Geräusch von jagenden Eulen. Wenngleich er nie von so vielen Eulen gehört hatte. Ein Wald voller Eulen.

»Huw! Huw! Mann! Huw!« Roger holte Gwyn ein, während Huw die Riegel zurückstieß. »Was ist denn, Huw! Was ist geschehen?«

»Komm erst mal rein, Junge.«

Alison lag auf dem Tisch, zugedeckt mit Huws Jackett.

Federn klebten am Stoff und wirbelten um das Mädchen herum. Huw strich sie weg. Sie kreisten im Luftstrom und kamen immer wieder. »Es ist die Kraft«, sagte Huw, »es ist jetzt in ihr. Schlimm. Das ist es, mein Junge.«

»Und was willst du von mir?« fragte Gwyn.

»Hilf ihr.«

»Ihr da? Oder der da draußen?«

»Sie sind jetzt ein und dieselbe«, sagte Huw.

Der Wind rüttelte das Haus. Blüten und Zweige flogen vorbei, abgerissen von den Büschen, die Clematisranken an den Mauern und Blätter schlugen gegen das Fenster und das Oberlicht in einem Ansturm von grünem Herbst. Der Regen wusch alles fort. Kies ließ dünn Tageslicht durch. Mehr Blätter kamen.

»Ich bin geblieben, um dir und dem Tal zu helfen, nicht denen da«, sagte Gwyn, »die zwei sind nichts.«

»Ihr seid die drei. Ihr habt es zusammen gemacht«, sagte Huw.

»Für die tu ich nicht soviel. Mit denen bin ich fertig.«

Roger wischte die Federn weg. Sie kreisten und ließen sich wieder nieder, kreisten und fielen herab: der Eulentanz, den er im Staub gefunden hatte. Sie trieben zur Decke und an die Wände, und er begann die Muster zu sehen, die Huw im Regen gefolgt waren: Augen und Schwingen und Schärfe, geflügelte Augen, gelb, und

Schwärze geschwungen. An den Dachbalken und der Wand, überall Federn. Nie hatte es so viele Federn gegeben. Er strich sie von Alisons Wange. Sie schrie auf, und er sah drei Linien, die von der Braue zum Hals verliefen, auch auf ihren Händen, aber nirgends ein Kratzer unmittelbar auf der Haut.

»Hör auf herumzumaulen und tu etwas«, bat Roger. »Mach die Federn weg. Nun los.«

»Ich weiß nicht, was man machen soll«, sagte Huw.

»Du hast gesagt, du wüßtest es«, sagte Gwyn. »Was ist schiefgegangen?«

»Du.«

»Warum ich? Ich bin hier. Ich bin nicht weggerannt. Du hast gesagt, dies sei mein Tal, und ich bin nicht weggerannt. Ich habe es versprochen. Ich habe dir letzte Nacht vertraut und bin zurückgekommen. Jetzt zeig mir, was ich zu tun habe.«

»Ich kann es nicht … sagen.«

»Was?« fragte Gwyn.

»Ich spüre es nur. Immer sind es die Eulen, die uns zerstören. Warum muß sie Eulen sehen und nicht Blumen? Immer ist es dasselbe.«

»Und was soll ich jetzt machen?« fragte Gwyn.

»Sie anschauen. Sie beruhigen.«

»Ich kann nicht.«

»Nur sie beruhigen.«

»Ich kann nicht, Mann. Alles andere. Du weißt nicht, was diese beiden mir angetan haben. Ich kann sie nicht anfassen.«

Alison zitterte. Krallenspuren zogen sich über ihre Beine.

»Sie kommt, und sie wird nehmen, was sie findet, und in dir ist nur Haß«, sagte Huw. »Immer und immer und immer.«

Gwyns Kinn war wie fixiert.

»Versuche es«, sagte Huw.

»Du hast mir nicht gesagt, daß es das sein würde«, entgegnete Gwyn, »ich kann nicht.«

»Versuche sie zu beruhigen.«

»Nein.«

»Beruhigen.«

Gwyn schüttelte den Kopf.

Das Oberlicht zerbrach von einem Ast, aber die im Glas eingeschmolzenen Drähte hielten das Gewicht, das hereinpreßte. In der Dunkelheit hingen die Federn, die Augen und Krallen und bewegten sich. Regen peitschte in die Küche. Aus Alisons Gesicht war jegliche Farbe gewichen. Man sah nur noch die roten Linien. Ihr Atem kam rasch und flach.

»Kannst du nichts tun?« fragte Roger.

»Er kann«, sagte Huw, »aber er will nicht.«

»Können Sie ihn nicht zwingen? Weshalb nicht?«

»Er ist zu sehr verletzt worden. Er sagt es mir nicht.«

»Das kannst du doch nicht machen«, sagte Roger zu Gwyn, »es ist Ali.«

Gwyn regte sich nicht.

Roger streckte seine Hand aus, aber Gwyn ignorierte ihn.

»Gwyn«, Roger sprach leise, »es war mein Fehler. Ich war es. Nicht Ali. Sie hat sich nie über dich lustig gemacht. Es war nicht so, wie ich gesagt habe. Ich habe es verdreht. Es tut mir leid. Laß es nicht geschehen, Gwyn. Wenn du etwas tun kannst, dann laß es nicht geschehen.«

Gwyn wandte seinen Kopf und sah Roger an. Roger sah die Frage in seinen Augen, und er sah, daß Gwyn wußte.

»In Ordnung, Gwyn?«

Das Blaue in den Augen gefror, mit langsamer Stimme sagte Gwyn:

»Verloren … Muttersöhnchen.«

Die Wände warfen ihre Muster ab und nahmen statt dessen die herumwirbelnden Federn in sich auf.

Gwyn sprach wieder, aber Roger konnte ihn durch die Dunkelheit hin kaum hören.

»Ja. Ja, Gwyn.«

Sein Hinterkopf und seine ganze Wirbelsäule waren wie hohl. Ein Klumpen saß ihm im Hals. Er konnte nichts tun, um auf die Worte zu antworten. Er konnte sich nur mit seinem Bewußtsein dagegen auflehnen, weil ihn sonst die bittere Dunkelheit verschlungen hätte.

»Und wie geht es der Schönen aus Birmingham? Immer noch aktiv?«

»Ja, Gwyn.«

Da war nichts mehr.

Er wartete, aber es kam nichts mehr, und in der Ruhe des sich auflösenden Schmerzes traf er auf keinen Zorn. Gwyn stand allein. Huw kauerte am Ofen. Roger sah auf sie beide, den Mann und den Jungen. »Ihr armen Teufel«, sagte er.

Er ging zu Alison und sammelte die Federn ein, die auf ihr lagen. »Ihr armen Teufel.«

»Er ist zu sehr verletzt. Sie wünscht sich, Blumen zu sein, aber ihr macht aus ihr Eulen, und so geht sie jagen …«

»Ist das alles? Ist es so einfach?« fragte Roger.

»… und so ohne Ende, ohne Ende, ohne Ende …«

»He, Ali, hast du gehört?« Roger wischte die Federn fort.

»Ihr habt es doch wieder aufkommen lassen, ihr blöden Spinner. Sie ist nicht Eule. Sie ist Blumen. Blumen. Blumen. Ah.«

Er fuhr ihr über die Stirn. »Du bist kein Vogel. Du bist Blume. Du bist nie etwas anderes gewesen. Nicht

Eulen. Blumen. Das ist es. Reg dich jetzt bitte nicht so auf.«

Alison bewegte sich.

»O ja, sie sind Blumen! Und du weißt es. Blumen, Ali. Ganz ruhig, jetzt. Ganz ruhig. Blumen …«

Er legte Huws Jackett fester um sie, stellte den Kragen auf, um den Regen abzuhalten. Alison zog es herunter zwischen Schulter und Kinn. Roger lachte.

»Blumen. Blumen. Das ist die Lösung.« Die Male auf ihrer Haut verblaßten, die Spannung wich aus ihrem Gesicht, während sie in dem Rhythmus atmete, mit dem seine Hand über ihre Braue fuhr. »Das ist besser. So jetzt: ja, ja. Natürlich sind es Blumen. Wie konntest du nur meinen, auf diesen Tellern sei etwas anderes zu sehen gewesen? Warum hast du nicht gleich von Anfang an Blumen ausgeschnitten, du törichtes Mädchen?«

»Verdammt nochmal«, sagte Huw.

Etwas berührte Rogers Hand. Er wollte es abstreifen, aber dazu war es zu viel. Er schaute auf.

»Hallo, Ali.« Vom Oberlicht bis zu den Deckenbalken war der Raum jetzt voller Blütenblätter. Duft ging von ihnen aus, und die Blüten und Blumen senkten sich herab.

Ginster und Mädesüß fielen und die Blüten der Eiche.

ANMERKUNGEN

Die walisische Sage von Blodeuwedd, der aus Blumen erschaffenen Frau, die in eine Eule verwandelt wurde

In Alan Garners Geschichte spielt als Ausgangspunkt der vierte Zweig der frühkeltischen Mythendichtung »Die vier Zweige des Mabinogi« eine wichtige Rolle. Im folgenden erhält der Leser einen Ausschnitt aus dem Originaltext.

Arianrod, eine Göttin, bringt einen sterblichen Sohn zur Welt und tut den Schicksalsspruch, daß dieser junge Mann »nie ein Weib bekommen werde, das unter den Sterblichen wohnt«. Gwydion, der Onkel des Jungen, ein Zauberer, verspricht Lleu, den Bannfluch der Mutter zu durchkreuzen. Aus Blumen und Baumblüten zaubert er ein weibliches Wesen, das den Namen Blodeuwedd erhält:

Eines Tages aber zog Lleu aus nach Dathly, um Math, den Sohn des Mathonwy zu besuchen. Und an diesem Tag, als er weggeritten war, ging Blodeuwedd im Hof spazieren. Da hörte sie den Klang eines Hornes. Und gleich darauf sprang ein müde gewordener Hirsch vorbei, und Hunde und Jäger verfolgten ihn. Nach den Hunden und den Jägern kam eine Gruppe Männer zu Fuß.

»Schickt einen Pagen aus«, sagte sie zu ihren Leuten,

»und laßt ihn fragen, wer in dieser Jagdgesellschaft reitet.« Also ging ein Page hinaus und fragte, wer da auf Jagd reite.

»Gronw Pebyr ist das, Herr auf Penllyn«, sagten sie ihm. Und so richtete der Junge es ihr aus.

Gronw Pebyr verfolgte den Hirsch, und bei dem Flusse Gynvael überholte er ihn und tötete das Tier. Und bis sie die Jagdbeute ausgenommen und den Hunden ihren Teil hingeworfen hatten, war es schon spät am Tag geworden, und die Nacht brach herein. Also kam er zum Tor des Hofes und bat um Quartier.

»Wahrlich«, sagte Blodeuwedd, »unser Herr und Gebieter würde schlecht von uns sprechen, ließen wir diese Männer zu dieser Stunde weiterreiten in ein anderes Land, ohne sie zu uns eingeladen zu haben.«

»Ganz recht«, sagten die Leute in der Burg, »die Sitte erheischt es, die Jagdgesellschaft über Nacht hereinzubitten.«

Da ritten Boten aus und baten Gronw, hereinzukommen. Er nahm die Einladung gern an und kam in den Hof, und Blodeuwedd begrüßte ihn und hieß ihn willkommen.

»Dame«, sprach er, »möge Euch der Himmel Eure Freundlichkeit vergelten.«

Als nun die Fremden ihre Rüstung abgelegt hatten, setzten sie sich. Und Blodeuwedd sah zu dem Mann Gronw Pebyr hin, und in dem Augenblick, da sie ihn anschaute, überkam sie Liebe zu ihm. Und er schaute sie an, und die Liebe überfiel auch ihn wie ein Feuer, das durch die Adern rast, so daß er es nicht verbergen konnte, wie sehr er sie liebte, sondern vielmehr offen davon sprach. Darüber freute sie sich. Und all ihre Gespräche an diesem Abend hatten zu tun mit ihrer Liebe zueinander, und daß ihnen für ihre Liebe nicht mehr Zeit bleibe als nur eine Nacht. Die aber nutzten sie, umarmten sich im Bett der Dame auf seidenen Tüchern und empfanden keinen Arg dabei, obwohl es doch eine Sünde war.

Am nächsten Tag wollte Pebyr weiter. Aber Blodeuwedd sprach: »Ich bitte Euch, geht wenigstens heute nicht fort.«

Also blieb er auch diese Nacht bei ihr, und die Stunden vergingen rasch, da sie sich so stürmisch liebten.

Am Morgen aber berieten sie, wie sie es anstellen könnten, für immer beieinander zu sein.

»Es gibt keine andere Möglichkeit«, sagte er, »du mußt versuchen herauszufinden, auf welche Art Lleu Llaw Gyffes, dein Mann, zu Tode kommen kann. Und dies wird dann nicht schwer sein, wenn du vorgibst, dich treibe die Sorge um sein Leben zu solchen Fragen.«

Am nächsten Tag nahm Gronw Pebyr Abschied.

Aber Blodeuwedd wollte ihren Geliebten wiederum nicht ziehen lassen.

»Nein, heute darfst du noch nicht fort«, rief sie.

»Wenn du so sprichst, kann ich nicht fort«, antwortete er, »aber ich sage dir, es ist jetzt gefährlich.«

»Morgen«, sagte sie, »morgen hast du meinen Segen, wenn du reitest.«

Am nächsten Tag wollte er aufbrechen, und sie hinderte ihn nicht daran.

»Vergiß nicht«, sagte Gronw, »was ich dir geraten habe. Sprich mit deinem Mann. Tu so, als triebe dich die Liebe, und versuche herauszufinden, auf welche Weise man ihn töten kann.«

An diesem Abend kehrte Lleu Llaw Gyffes auf seine Burg zurück. Und den folgenden Tag verbrachte er mit Gesprächen, hörte den Sängern zu und feierte ein ausgelassenes Fest.

Als sie aber am Abend zu Bett gingen, sprach er einmal zu Blodeuwedd, und er sprach ein zweites Mal zu ihr. Aber bei all dem bekam er dennoch keine Antwort von ihr.

»Was hast du?« fragte er schließlich, »ist dir nicht recht?«

»Ich habe an etwas gedacht, was dir gewiß nicht in den Sinn kommt«, antwortete sie, »ich fürchte mich, du könntest sterben. Und wenn ich an deinen Tod denke, kommt es mir so vor, als würdest du eher sterben als ich.«

»Der Himmel danke dir für deine Fürsorge«, sagte er, »aber mich wird so leicht keiner erschlagen.«

»Aber um des Himmels und meiner Liebe Willen, zeig mir doch, wie dich einer töten könnte.«

»Das will ich dir gern sagen«, erwiderte er, »leicht ist es nicht, außer, ich würde verwundet an einer Stelle. Und an dem Speer, der mich töten könnte, müßte ein Mann ein Jahr geschnitzt haben. Und nicht eher darf er jeweils anfangen zu arbeiten, als bis die Opfer am Sonntag dargebracht sind.«

»Stimmt das wirklich?« fragte sie, »ist das die Wahrheit?«

»Gewiß doch. Und ich kann nicht erschlagen werden in einem Haus, noch außerhalb eines Hauses, nicht zu Pferde und nicht zu Fuß.«

»Wahrlich, dann kannst du also überhaupt nicht erschlagen werden?«

»O doch, und ich will dir auch erklären wie«, sagte er, »wenn einer ein Bad errichtet neben einem Fluß und fügt ein Dach über einen Kessel und bringt einen Ziegenbock und legt ihn neben den Kessel, und ich setze einen Fuß auf des Ziegenbocks Rücken und den anderen auf den Rand des Kessels, und es trifft mich jemand in diesem Augenblick und stößt zu … dann werde ich sterben müssen.«

»Oh«, sagte sie heuchlerisch, »ich danke dem Himmel. Denn daß all dies zusammen zutrifft, sollte sich doch leicht vermeiden lassen.«

Kaum aber hatte sie all dies erfahren, so schickte sie Gronw Pebyr Nachricht davon. Und Gronw schnitzte einen Speer, und am Tag nach zwölf Monden war er fertig. Und am selben Tag noch ließ er Blodeuwedd darüber Nachricht zukommen.

»Herr«, sprach Blodeuwedd zu Lleu, »ich habe darüber nachgedacht, wie das eintreten könnte, was Ihr mir über Euren Tod gesagt habt. Könnt Ihr mir nicht zeigen, auf welche Art Ihr auf dem Rand eines Kessels und auf dem Rücken eines Ziegenbocks stehen müßt, wenn es wahr werden soll? Ich werde ein Bad für Euch richten. Es wäre gut, wenn ich die Prophezeiung genau wüßte, damit ich darauf achten kann, daß eine solche Situation nie eintritt.«

»Ich werde es dir zeigen«, sagte Lleu.

Dann schickte sie nach Gronw und bat ihn, sich an dem Hügel, der jetzt Bryn Kyvergyr genannt wird und sich am Fluß Cynvael erhebt, in einen Hinterhalt zu legen. Sie ließ auch alle Ziegen, die in der Provinz weideten, zusammentreiben und brachte sie auf die andere Seite des Flusses, gegenüber Bryn Kyvergyr.

Und am folgenden Tag sprach sie so: »Herr, ich habe ein Dach bauen lassen, und das Bad ist dort bereitet.«

»Gut«, sprach Lleu, »ich will mir das gern einmal ansehen.«

An diesem Tag kamen sie und betrachteten die Badestelle.

»Willst du nicht ein Bad nehmen, Herr?« fragte sie.

»Warum nicht«, sagte er arglos, stieg ins Bad und rieb sich mit Öl ein.

»Herr«, sprach sie, »seht ihr diese Tiere dort? Diese Tiere nennt man doch wohl Böcke?«

»Ja«, sagte er, »laß einen davon fangen und ihn herbringen.«

Und der Bock wurde gebracht. Da stieg Lleu aus dem Bade und zog seine Hosen an und setzte einen Fuß auf den Rand des Bades und den anderen auf den Rücken des Bocks. Darauf erhob sich Gronw vom Hügel, der Bryn Kyvergyr genannt wird, stützte sich auf dem einen Knie auf und warf die vergiftete Lanze, und sie traf Lleu in die Seite, so daß der Schaft herausragte, aber die Spitze in seinem Körper stecken blieb. Darauf verwandelte er sich in einen Adler und stieß einen furchtbaren Schrei aus.

Und von da an ward er nicht mehr gesehen.

Kaum, daß er fort war, machten sich Gronw und Blodeuwedd auf zum Palast, und dort schliefen sie miteinander viele Male in dieser Nacht. Und am nächsten Morgen stand Gronw auf und ergriff Besitz von Ardudwy. Und danach herrschte er über Ardudwy und über Penllyn.

Die Nachricht von all dem wurde Math, dem Sohn des Mathonwy zugetragen, und Kummer und Gram überkamen ihn, aber noch trauriger war Gwydion. »Herr«, sprach Gwydion endlich, »ich will nicht eher rasten und ruhen, bis ich nicht in Erfahrung gebracht habe, was aus meinem Neffen geworden ist.«

»Recht so«, sprach Math, »möge der Himmel dir Stärke verleihen.«

Da brach Gwydion auf und zog fort. Und er lief bis an die Grenzen von Gwynedd und Powys. Und als er dort gewesen war, zog er nach Arvon und kam zu dem Haus eines Vasallen in Maenawr Pennardd. Er machte Rast und blieb über Nacht. Der Herr des Hauses kam vom Feld herein, und seine Knechte kamen auch, und als letztes kam auch die Schweineherde. Sprach der Herr des Hauses zum Hirten:

»Nun, Junge, hast du die Sau heute mit heimgebracht?«

»Ja, sie ist mit da«, sagte er.

»Wo rennt denn die Sau hin, wenn sie durchgeht?«

»Jeden Tag, sobald der Pferch aufgemacht wird, rennt sie fort, und keiner weiß, wo sie bleibt. Es ist, als ob die Erde sie verschluckt hätte.«

»Sei so gut« sagte Gwydion, »und öffne morgen den Pferch nicht eher, bis ich mit dir neben dem Ausgang stehe.«

»Das will ich gern tun«, antwortete der Hirte.

Sie legten sich schlafen, und als der Tag anbrach, stand Gwydion auf, kleidete sich an und ging mit dem Schweinehirten zu dem Pferch. Dann tat der Schweinehirte auf. Und kaum war das geschehen, da sprang die Sau heraus und machte sich in großer Eile davon. Aber Gwydion folgte ihr, und sie lief zum Fluß hin und dort zu einem Bach, der heute Nant y Lleu genannt wird. Dort hielt sie inne und begann zu grasen. Und Gwydion kam unter den Baum und schaute, was es war, das die Sau fraß. Da sah er, daß es nacktes Fleisch war. Dann schaute er hinauf auf den Baum und erkannte, daß dort ein Adler saß, und als der Adler sich schüttelte, fiel abermals Wildfleisch herab, und dies verschlang die Sau.

Es kam Gwydion vor, als sei dieser Adler Lleu. Und er sang eine Zauberstrophe:

Eiche, die zwischen zwei Ufern wächst,
verdunkelt sind Himmel und Berg.
An seinen Wunden erkenne ich,
daß es Lleu ist, der dort sitzt.

Darauf kam der Adler herab, bis auf halbe Höhe des Baumes. Und Gwydion sang abermals eine Zauberstrophe:

Eiche, die im Erdreich des Hochlandes wächst.
Ist sie nicht naß vom Regen.
Sind nicht hingegangen über sie
neun mal zwölf Gewitter.
In ihren Ästen trägt sie Lleu Llaw Gyffes!

Da kam der Adler auf den untersten Ast herab, und nun sang Gwydion diese Zauberstrophe:

Eiche, die am Abhang steht.
Groß und mächtig anzuschauen.
Soll ich nicht davon reden,
daß Lleu auf meinen Knien sitzt?

Und der Adler kam herab und setzte sich Gwydion auf die Knie. Und Gwydion berührte ihn mit seinem Zauberstab und gab ihm seine ursprüngliche Gestalt wieder.

Nun bot sich ihm ein jammervoller Anblick, denn Lleu war nur noch Haut und Knochen.

Darauf zog er in die Provinz Dathyl, und dort brachte er ihn zu erfahrenen Ärzten, und ehe das Jahr zu Ende ging, war er völlig genesen.

»Herr«, sprach er darauf zu Math, dem Sohn des Mathonwy, »es ist hohe Zeit jetzt, daß ich Schadenersatz von dem verlange, der mir all dieses Leid zugefügt hat.«

»Recht«, sprach Math, »er darf den Besitz nicht behalten, der dir rechtens zusteht.«

»Nun«, sagte Lleu, »Je eher ich zu meinem Recht komme, desto besser.«

Dann riefen sie alle Männer von Gwynedd zusammen und brachen auf gegen Ardudwy. Und Gwydion ging voran und kam nach Mur-y-Castell. Und als Blodeuwedd von seinem Kommen hörte, nahm sie all ihre Mädchen mit sich und floh ins Gebirge. Und sie überquerten den Fluß Cynvael und zogen zu einem Hof, der auf dem Gebirge eingerichtet war, und aus Furcht, daß jemand sie einholen könnte, schauten sie immer hinter sich. So achteten sie nicht auf den Weg und stürzten in den See. Alle ertranken, außer Blodeuwedd, und Gwydion holte sie ein. Und er sprach zu ihr: »Ich werde dich nicht erschlagen. Dir soll Schlimmeres widerfahren. Ich werde dich in einen Vogel verwandeln. Du sollst nie mehr dich bei Tageslicht sehen lassen, und alle anderen Vögel sollen dich fürchten und dich jagen, wo immer sie dich finden. Und du sollst nicht deinen Namen verlieren, sondern immer Blodeuwedd heißen.«

Nun heißt Blodeuwedd in der Sprache unserer Tage »Eule«, und dies ist der Grund, warum alle Vögel die Eule hassen. Und Gronw Pebyr zog sich nach Penllyn zurück und schickte von dort eine Gesandtschaft. Und diese Männer fragten Lleu, ob er wohl Grundbesitz, Gold oder Silber annehmen wolle, zur Entschädigung für das, was ihr Herr ihm angetan. »Das werde ich nicht tun«, sprach Lleu zu ihnen, »ich verlange, daß Gronw zu der Stelle kommt, an der er mich mit dem Speer getroffen hat. Und dort will ich auf ihn zielen. Auf etwas anderes lasse ich mich nicht ein.« Und so wurde es Gronw Pebyr ausgerichtet.

»Nun«, sprach er, »muß ich das wirklich tun? Meine treuen Krieger, meine Ritter und meine Ziehbrüder … ist da keiner unter euch, der an meiner Statt den Kopf hinhält?«

»Nein, wahrlich keiner«, antworteten sie. Und weil sie wegen dieser Weigerung Schläge von ihrem Herrn empfingen, nennt man sie bis heute den dritten der ungetreuen Stämme.

»Nun«, sprach darauf Gronw, »dann muß ich eben gehen.«

Also kamen sie beide zu den Ufern des Flusses Cynvael, und Gronw stand an der Stelle, an der Lleu gestanden, als ihn das vergiftete Geschoß getroffen, und Lleu stand dort, wo zuvor Gronw gestanden.

Dann sagte Gronw zu Lleu: »Da all das, was ich dir angetan habe, geschehen ist, während ich unter dem Einfluß eines Weibes stand, bitte ich dich um einen Vorzug. Erlaube mir, daß ich hinter jenen Stein trete, der dort drüben am Fluß steht, damit ich wenigstens etwas Schutz habe, wenn du wirfst.«

»Das kann ich dir nicht verwehren«, sprach Lleu.

»Ach«, sprach der andere, »möge der Himmel es dir lohnen.«

Also stellte sich Gronw hinter den Stein. Lleu warf seinen Speer, und der durchschlug den Stein und durchschlug Gronws Körper und trat am Rücken wieder aus.

Und noch heute gibt es jenen Stein am Ufer des Flusses Cynvael in Ardudwy, der ein Loch aufweist.

Zum zweiten Mal nahm Lleu Llaw Gyffes nun sein Land in Besitz, und glücklich regierte er es. Und wie die Geschichte berichtet, wurde er später auch Herr über Gwynedd. Und hier endet dieser Zweig des Mabinogi.

Im Roman »Eulenzauber« korrespondieren die Personen der Handlung – also Roger, Gwyn und Alison, aber auch Huw und Nancy – mit den Personen der alten, walisischen Mythe, deren magische Energie bis in unsere Tage fortwirkt. In diesem Sinn ist auch der Satz zu verstehen, den Garner über das Besondere seiner Geschichten gesagt hat: »Fantasy, richtig angewandt, erhellt die Wirklichkeit (d. h. macht sie bewußt) und ist nicht etwa Flucht aus ihr.«

Stephen Lawhead

Taliesin

Sänger und Seher.
Die Pendragon-Saga. Aus dem Englischen von Frieder Peterssen.
576 Seiten. SP 2611

Charis, die schöne, weise Königstochter aus dem vesunkenen Atlantis und Taliesin, der berühmte junge Barde, Heerführer und Seher aus Walis, lieben sich. Doch Neid und Intrigen verhindern eine Heirat. Da nehmen Charis und Taliesin ihr Schicksal selbst in die Hand – mit allen furchtbaren Folgen.

Merlin

Magier und Krieger.
Die Pendragon-Saga. Aus dem Englischen von Frieder Peterssen.
527 Seiten. SP 2612

Prinz Merlin, tapfer, vielseitig begabt, besitzt magische Kräfte und die Gabe der Weissagung. Sein Stiefvater erhebt ihn zum Mitregenten. Als Merlins Geliebte, die Waldprinzessin Ganieda, Opfer eines brutalen Überfalls wird, entfacht Merlin ein Massaker unter den Mördern, verzichtet auf den Thron und zieht sich in die Wälder zurück. Sein Leben bekommt einen neuen Sinn, als er ein bedrohtes Kind retten kann: Artus, der später Britanniens König werden wird.

»Lawheads süffige, actionreiche Interpretation des Artus-Stoffes ist von hoher Qualität und ein Muß für alle Fantasy-Fans...«
Brigitte

Artus

Der legendäre König.
Die Pendragon-Saga. Aus dem Englischen von Frieder Peterssen.
544 Seiten. SP 2613

Der weise Zauberer Merlin begleitet den jungen Artus auf seinem schwierigen Weg zum Hochkönig. Als der legendäre Herrscher der Tafelrunde sein Reich in ein friedliches, blühendes Land verwandelt hat, droht Artus tödliche Gefahr vom bösen Zauberer Medrant.

»Ein fesselndes Epos über den sagenumwobenen Herrscher der Tafelrunde.«
Buchreport

Pendragon

Artus auf dem Weg zum heiligen Gral.
Die Pendragon-Saga. Aus dem Englischen von Frieder Peterssen.
485 Seiten. SP 2614

SERIE PIPER

Harald Braem

Hem-On, der Ägypter

Roman. 411 Seiten. SP 1581

Dieser historische Fantasy-Roman führt weit zurück in das Ägypten der Pharaonen, in die Zeit des Pyramidenbaus und des sagenumwobenen Arztes und Architekten Imhotep. Der junge Hem-On, ein Priesterschüler von geheimnisvoller Herkunft, erlebt als Vertrauter Imhoteps faszinierende Abenteuer: Er nimmt am Feldzug gegen die Nubier zu den »Schlafstätten des Nils« teil, erlebt den Bau der großen Pyramide mit und wird schließlich ins Reich der geheimnisumwitterten Königin von Saba geschickt.

Der Löwe von Uruk

Roman. 489 Seiten. SP 1282

Die Geschichte von Gilgamesch, dem sagenhaften König von Uruk im Zweistromland, gilt als das älteste literarische Zeugnis der Menschheit überhaupt. Harald Braem hat das sumerische Epos, das den Weg Gilgameschs durch viele Abenteuer bis weit über die Grenzen seiner Welt hinaus, bis auf die »Insel der Unsterblichkeit«, berichtet, neu erzählt. Bestechend ist an diesem spannenden Roman nicht nur die genaue Darstellung der magischen und astrologischen Geheimlehren der Sumerer, sondern die verblüffende Aktualität, die der Autor dieser alten Geschichte abzugewinnen weiß.

Das Hotel zum schwarzen Prinzen

Phantastische Erzählungen. 133 Seiten. SP 2129

Tanausu – der letzte König der Kanaren

Roman. 358 Seiten. SP 1284

Harald Braem schildert in diesem fesselnden und farbigen Roman den Verzweiflungskampf der Guanchen unter ihrem letzten König Tanausu gegen die übermächtigen Eindringlinge. Erst durch Betrug und Verrat gelingt es den Spaniern, die Verteidiger des »Heiligen Kraters« zu überwältigen und Tanausu gefangenzunehmen. Vor der Kulisse eines unserer heute beliebtesten Ferienparadiese entfaltet sich das Drama einer geheimnisvollen Kultur, die dem europäischen Eroberungsdrang zum Opfer fällt.

Der Herr des Feuers

Roman eines Schamanen. 347 Seiten. SP 2537

SERIE PIPER

Brigitte Riebe

Palast der blauen Delphine

Ein Roman aus dem alten Kreta. 494 Seiten. SP 2274

Der berühmte Mythos vom kretischen Labyrinth, die wohl spannendste und geheimnisvollste Sage des Abendlandes – erzählt aus der Perspektive der matriarchalisch orientierten kretischen Kultur. Der Held ist Asterios, Sohn der Königin Pasiphaë und eines Stiertänzers. Er wird der erste männliche Priester, der den Orakeln zufolge Kreta vor dem Untergang retten soll. Nach einer tragischen Liebesgeschichte mit seiner Halbschwester Ariadne und dem beinahe tödlich endenden Zweikampf mit dem attischen Thronfolger Theseus scheint Asterios jedoch an seiner Mission zu scheitern…

»Zu den schönsten historischen Romanen zählt für mich Brigitte Riebes Buch ›Palast der blauen Delphine‹. Sagen, Mythen und historische Fakten werden hier zu einer spannenden Handlung verflochten. Brigitte Riebe beschwört die alte Welt der Großen Göttin, die zu jener Zeit noch mächtiger war als alle männlichen Götter des griechischen Olymp und die damals über das minoische Kreta herrschte. Es war die Epoche des Matriarchats, die mit den Eroberungszügen der Stämme vom Festland endete.«
Norddeutscher Rundfunk

»Der Roman von Brigitte Riebe wirkt wie eine traumhafte Rückkehr in die Kindheit, als wir noch an Märchen glaubten oder zumindest nicht ausschließen wollten, daß sie wahr sind.«
Sender Freies Berlin

»Die Historikerin Brigitte Riebe, die sich mit von Frauen beherrschten Kulturen beschäftigt, erzählt die Sage aus dem Blickwinkel der matriarchalisch orientierten kretischen Mythen. Entstanden ist ein mitreißender historischer Roman über Liebe, Politik und den Untergang einer Kultur.
Gala

»Eine Geschichte – so spannend wie ein Krimi.«
Madame

Kathleen Robinson

Dominicus

Ein Roman aus dem alten Rom. Aus dem Amerikanischen von Michael Hofmann. 511 Seiten. SP 1924

Gallien im Jahr 395 n. Chr. Mit der Geburt des zwergwüchsigen Knaben Dominicus beginnt dieser abenteuerliche Unterhaltungsroman, der den Leser mitnimmt auf eine spannende Reise durch die Spätantike. Nach dem frühen Tod seiner Eltern wird Dominicus von seinem Vormund an eine fahrende Gauklertruppe verkauft. Das Schicksal führt den Wanderzirkus von Gallien in das vor Leben übersprudelnde dekadente Rom, wo sich die Künstler unter der Obhut eines ehrgeizigen römischen Senators in kürzester Zeit einen Namen machen. Doch das Glück bleibt den Zirkusleuten nicht hold: Sie fallen in Ungnade, und Dominicus kann als einziger den Häschern entkommen…
Kathleen Robinsons üppig erzählter, detail- und stimmungsreicher Roman führt uns in die aufregende Zeit des alten Rom, in Amphitheater mit fackelerleuchteten Bühnen, in das Gallien der Gladiatoren, in die winkligen Gassen Alexandrias, durch die der Wüstenwind weht, in die farbenprächtigen Basare Konstantinopels…
»Dominicus« ist ein mitreißender historischer Roman, der die Zeit der Spätantike, ihre Kultur und ihre Menschen lebendig werden läßt: Eine faszinierende Lesereise in eine exotische, märchenhafte Welt voller Glück und Abenteuer, voller Liebe und Grausamkeit.

»Ein gut recherchierter, gut erzählter Plot, der überzeugende, liebenswerte Charaktere und prächtige Ansichten antiker Städte zeichnet. Und das Ganze hat Tempo!«

Kirkus Review

»Ein intelligenter historischer Roman mit viel Hindergrund, flotten Dialogen und einer Vielzahl faszinierender Schurken.«

Brigitte

»So schillernd, märchenhaft und phantastisch der Roman von Kathleen Robinson ist, so vergnüglich ist er auch. Genüßlich ausgemalte Ungeheuerlichkeiten und amüsante Episoden sorgen für Abwechslung in diesem Roman, der genau der richtige Schmöker für lange Abende ist.«

Kieler Nachrichten